白嘴鸦，
谁为你哭泣

[英]安东尼·麦高恩 著
李小霞 译
锅一菌 绘

中信出版集团 | 北京

图书在版编目（CIP）数据

白嘴鸦，谁为你哭泣 / (英) 安东尼·麦高恩著；李小霞译；锅一菌绘. -- 北京：中信出版社, 2022.1（2022.4重印）
书名原文: Rook
ISBN 978-7-5217-3633-5

Ⅰ. ①白… Ⅱ. ①安… ②李… ③锅… Ⅲ. ①儿童小说—中篇小说—英国—现代 Ⅳ. ①I561.84

中国版本图书馆CIP数据核字（2021）第196114号

白嘴鸦，谁为你哭泣

著　　者：［英］安东尼·麦高恩
译　　者：李小霞
绘　　者：锅一菌
出版发行：中信出版集团股份有限公司
（北京市朝阳区惠新东街甲4号富盛大厦2座　邮编　100029）
承 印 者：北京中科印刷有限公司

开　　本：880mm×1230mm　1/32　　印　　张：4.75　　字　　数：66千字
版　　次：2022年1月第1版　　印　　次：2022年4月第2次印刷
京权图字：01-2021-5792
书　　号：ISBN 978-7-5217-3633-5
定　　价：29.80元

服务热线：400-600-8099
投稿邮箱：author@citicpub.com

献给菲尔·厄尔，

你是我的朋友，也是我灵感的来源。

目录

序章

真不错，一个辛劳工作的好日子。田野上霜晶闪烁，使它的黑眼睛看起来充满了快乐。虽然地表坚硬成块，它不得不又啄又拽，才从冻土下把潜伏的蚯蚓和蠕虫抓出来。

但，真是快乐啊。

它快乐，因为它和伙伴们在一起。那是一群散在田野间的白嘴鸦和寒鸦——它的兄弟姐妹，它的朋友。

它快乐，因为这片广阔的田野、这片树林、这片天空，都属于它。

它快乐，因为它还正青春。从它跳出细木枝小窝，伸展黑色翅膀独自翱翔的那天算起，六个月中，它还几乎没有尝过疼痛和饥饿的滋味。

白嘴鸦们呱呱叫着，寒鸦们喳喳唱着，在犁沟上来回踱步。天渐渐暗下来，很快，它们将乱云似的齐齐飞走，栖向黑夜。

先前，它们和一只雄性雀鹰一起做了点儿“体育”运动——它们一整群从长满橡树、柳树的小树林里冲出来，包围了那头猛禽。它们刺耳地大笑，嘲弄它。那只雀鹰的个头比白嘴鸦小，和寒鸦差不多大，后背和翅膀是灰蓝色的，奶油色的胸脯上有一道道黑色的条纹，偶尔夹杂一抹淡淡的橙色，像秋天的落日。

管它漂不漂亮，鸦群讨厌它，把它赶进树林深处。然后这游戏就有点儿无聊了，大家又回到田野没完没了地觅食。

奇怪的是，雀鹰又出现了。它占据了一棵白蜡树，立在光秃秃的树尖上盯着它们。这一次，大家选择无视它。

然而，在这只白嘴鸦的内心深处，还是有一团疑虑，一小片阴影。

要是它也能发现地上的阴影就好了……

这只白嘴鸦埋头扒拉着，啄食着，心中不安。此时，它感觉鸟群要起飞了。

不是平常那种懒散地飞动——领头鸟起飞，掉队的鸟儿还在那儿拉扯着蚯蚓。一股强劲的电流突然袭来，然后是啸叫声，恐怖的尖叫。

白嘴鸦立刻理解了这种恐怖，它张开翅膀，冲向空中。一次振翅，然后是第二次。大地已在它身下三米，飞向林中庇护所只需几秒。

一股力量击中了它，它从未有过的感觉，像是要融化它的骨骼，要把它的肉体化为蒸气。震彻骨髓的冲击中闪过尖锐的疼痛，如同无数滚烫的针刺进它的身体。

这一击直接把白嘴鸦带回地面，冻土猛然抬升，顶上它的脸和胸脯。

一下，又一下，又两下，刺痛传来。它明白了：它被捕获了。巨变发生了，它从猎手变成了猎物，从觅食者变成了食物。它感受着利爪深深地刺进它的后背，弯曲的尖喙剜进它的肉体，肉——它自己的肉，它身体上的肉——被一块块撕扯下来。

但是，白嘴鸦可不是什么容易到嘴的晚餐。它疯狂地拍打着翅膀，试图甩掉背上的捕食者。它奋力扭转身子，试图用强壮的喙去啄点儿什么，可啄到的只有空气。

但至少，它看到了。

并不是那只灰蓝色的漂亮雄性雀鹰，而是一只浅棕色的雌雀鹰，块头可比它的配偶大得多，力量也大得多——猎捕鸽子或喜鹊的杀手，而不仅仅是小麻雀级别。不过即便这样，白嘴鸦知道，这只雌雀鹰很少有机会能和它这样大的对手对抗。

这只雌雀鹰已经几乎成功了，现在，它冷酷无情，用弯钩般的喙又刺了一下。它的喙像一支精细的画笔，描绘着白嘴鸦的死亡。

白嘴鸦痛苦地扭动。雀鹰稍稍松了一下爪子，调整姿势好抓得更牢点儿。它需要找到一处柔软的地方，插入利爪——它的猎杀工具——比如头骨下的裂缝，从那里可以刺穿大脑，或者肋骨之间的缝隙，那里可以直抵猎物狂跳的心脏。

然而，在松爪的一瞬间，白嘴鸦有了翻身直面雀鹰的机会，它终于能看清该去啄哪里了。它设法够到了雀鹰胸部的羽毛，但没有啄出血。

现在，雌雀鹰的一对利爪又抓住了白嘴鸦的身体，确切地说，是插入了它的身体，直刺入它胸脯的肉里。

雀鹰张开翅膀罩住白嘴鸦，好像搭起一顶帐篷，遮盖起白嘴鸦临终的恐惧。因为——没错，它打算活活把白嘴鸦吃掉。白嘴鸦会看着雀鹰扯下自己胸前的短羽，撕下一条条深色的肉，仰起头，吞下肚去……

不！！！

它心中仍有斗志。它猛地踢了出去，使足了力气。它的爪子不像雀鹰那么锋利，却也坚硬如铁，在雀鹰身上抓挠踢蹬。最后，它狠狠啄中了雀鹰的脸，迫使它拍打着翅膀向后缩。尽管如此，雀鹰的两只爪子仍然锁扣在白嘴鸦的胸膛。雀鹰尖叫，朝白嘴鸦的眼睛凶残地啄了两下。

白嘴鸦知道它还有最后的一次机会。它踢打，然后一啄，这就足以迫使对方松开爪子。它疯狂拍打翅膀，终于挣脱束缚，飞向空中。

它太虚弱了，伤得太重，身体勉强掠过冰冻的田野。但它自由了，它还活着。

又来了，雀鹰俯冲的风声。不知怎的，它追上了白嘴鸦，从它正上方扑下来。白嘴鸦想活下去，雀鹰也想活下去。活下去，就意味着杀戮。

雀鹰和白嘴鸦一起撞到了地上。雀鹰躬下身子，从白嘴鸦胸口扯下一嘴羽毛。剧痛让白嘴鸦只发得出最后一声微弱的嘶叫。

白嘴鸦被这恐怖和痛苦吓呆了。它的眼睛渐渐暗了下去。在黑暗尽头，它感觉到了一丝光亮。它的身体变轻，开始向天空升去，越过树冠，越升越高。它想象自己将永远翱翔在金色的黄昏。

这时，传来一阵吵闹声。换作平时，这种吵闹声会让它和同伴们吓得四散着飞向天空。它通常不会带来希望，只会带来危险。

那是狗的兴奋吠叫。

第一章　捡到一只鸦

今天爸爸值夜班，想白天先睡一觉，所以我和肯尼带着蒂娜出门散步，以防狗叫声吵醒了他。蒂娜不是那种会要把戏的聪明狗狗，除非把啃袜子也算上，但它爱我和肯尼——主要是爱肯尼——在几个坏孩子伤害它、丢下它等死时，我们救了它。

蒂娜最喜欢去的地方是教堂另一头的那片田野。教堂在一座小山上，在那里，远处平坦的田野和小树林可以尽收眼底。爸爸告诉我们，他小时候和其他孩子在山坡上玩，有时候会在那些特别古老的墓边捡到人骨头，大伙儿就挥舞着一根根胳膊或腿上的骨头互相追逐。教堂的后面还有不少巨大的扁平墓穴，看上去就像石棺。有些墓顶部的石板已经断裂。爸爸说，那时谁要是敢爬进去和死人骨头躺在一起，就算谁胆子大。

我们倒不是完全信他，只不过夜晚的墓地真的诡异，我们散完步后总是得快点儿往回赶，这样，当鬼魂飘飘悠悠，骷髅一路尾随，或吸血鬼从棺材里爬出来咬人的时候，我们才不会被抓住。

远离大路后，我松开了蒂娜的牵狗绳。它立刻疯了一样奔跑着四处尿尿，好像憋了一个星期。

“给你多少钱，你才肯钻进墓里？”肯尼问。

“在里面待多久？”我问。

“一整晚，不是像洗澡那样进去就出来。”

肯尼讨厌洗澡，总是不等身体全淋湿就跳出来。

“不知道。”我说。

“一百万英镑？”

“也许吧，”我说，“有了一百万英镑，就能做很多事。爸爸不用上夜班了，我们还可以买辆车，去看妈妈……”

妈妈在我和肯尼很小的时候就离开了。肯尼有学习障碍，不过这反而使他有时候能把事情看得很通透，也许因为他不像别人那样，总被各种乱七八糟的东西干扰吧。但他还小的时候，妈妈过得很难，爸爸也表现得不怎么样，妈妈一走就是很多年杳无音信……前不久，妈妈终于和我们联系上了，有点儿别扭，但还好。她现在住在加拿大，想让我们也去，在她那里过节。

“那——”肯尼追问，“五十万，你还愿意吗？”

“嗯，”我答，“愿意。”

肯尼又想了一会儿。他手里握着一根棍子，用来抽打任何胆敢探出头来的傻草。

“那十英镑的话，你肯吗？”他问道。

“不肯。”

肯尼点了点头。他喜欢知道确定的答案。比如说，确定地知道，到底得是多大的一笔钱，才能让我躺进冰冷的坟墓，和那些老骨头一起睡。

“两万镑呢？”

“呃，也许吧。”

“那两千镑呢？”

“不干。”

“七千镑呢？”

“可以，前提是女王把现金放在银盘子里亲手端给我。”

这话让肯尼笑了。我一看他的脸就知道，他正在想象女王坐着劳斯莱斯来到我们家，给我送钱。

“那你呢？”我问，“一百万英镑的话，你肯不肯干？”

肯尼摇了摇头，好像有只黄蜂在叮他：“没门儿！”

“那你到底要什么才肯干呢？”

“我什么都不要！”

等的就是这句话。

“哈，什么都不要！”我说，“你刚才等于说，你愿意什么都不要就睡在里面！《圣经》上可说了，你说了话，就相当于做了承诺，做了承诺，就必须兑现。”

肯尼大吃一惊。他宁愿断一条胳膊也不愿意破坏承诺。不过，我的脸实在绷不住了，我们俩都大笑起来。他朝我扑过来，惹得蒂娜疯了一样不停地汪汪叫。我们就这样从黑暗的树林里跑了出来，跑进了光秃秃的田野。

我们停住了，呆呆地盯着眼前。你根本不可能无视，但也几乎不可能弄清是怎么回事，只看到一大团羽毛，忙乱的扭动，还有刺耳的噪声。

蒂娜第一个反应过来。它跑过结霜的地面，朝骚乱的方向跑去，边跑边叫。

“是鸟在打架！”肯尼叫道，“快抓住蒂娜！不然它会……”

我赶忙追了上去。这简直是蒂娜经历过的最兴奋的事。它总喜欢在院子里跳着抓捕小鸟，但就连它自己也清楚，不可能抓得到。不过现在，它终于逮到了机会。

我再次看向那团羽毛。一只雀鹰抓住了一只乌鸦。这一定是一场旷日持久的大战，但如果蒂娜赶过去，战斗就结束了。

“别动，蒂娜！”我喊道，“快过来，小姑娘，笨狗狗！”

没有用。它几乎就要扑上去了。

看起来雀鹰已经占了上风。不过，当蒂娜冲到近旁，雀鹰就发出一声愤怒的长啸，振翅飞走了。蒂娜根本无法抵挡这个诱惑，跳起来要在半空中截住它。

换作其他腿长些的狗，可能就得逞了，但蒂娜不过是只长着四条小短腿的杰克罗素梗。当然，即便如此，这一跳也很不错，差点儿成功。它张开嘴，猛咬了一口空气，离雀鹰的长尾巴只有几毫米。

但蒂娜的全副精力都用在了跳跃上，完全没考虑着陆的事。它在空中做了个一百八十度转体，屁股着地，十分搞笑。这也救了那只受伤的乌鸦一命。要是它脚先落地，就有机会径直冲向地上的鸟，把那可怜的家伙变成晚餐。摔了这一跤，刚好让我有机会扯住项圈，拴上狗绳。

蒂娜激动得神志不清，狂叫着伸嘴要咬那只乌鸦。肯尼追了上来，我把狗绳递给他，上前查看那只鸟。

起初，我以为它死了。它一动不动，只有羽毛在风中轻轻拂动了一下。

“它还活着吗？”肯尼死死地拽着蒂娜，问道。

“不知道。”

“捡起来看看。”他说。

我真不想这样。想到要摸一只死去的鸟，我就起鸡皮疙瘩。我记得死掉的动物身上会有跳蚤和虱子，想想我就身上发痒。而且，它的喙看起来还是有点儿威力的，要是这鸟只是晕过去了……

“来，”肯尼说，“你拉着蒂娜。”

他把狗绳塞到我手里，弯下腰捡起了乌鸦。在黑色羽毛的映衬下，他那双手显得非常苍白。

“热的，”他说，“在流血。”

“我想它死了，”我说，“要是你愿意，我们可以把它埋在这里。”

然而，我的话还没说完，肯尼的脸上就绽开了笑容。

“它没死！我能感觉到它在呼吸！”

这时，我也看到了鸟儿的胸膛在轻轻起伏。

“我要把它带回家。我们可以照顾它，就像对嗅嗅那样，”肯尼说，“直到它好起来为止。”

嗅嗅是我们去年发现和照料的一只幼獾。我也说不好到底是怎么回事，但那只獾好像救了我们一家。那时候，爸爸已经垮了，肯尼对妈妈离开的事很难过，一切都很糟糕。然而，自从有一只獾需要照顾之后，我们大家都比以前好多了。

我看着肯尼，他正抱着那只乌鸦，脸上满是希望和爱意。

“好吧，”我说，“好主意。爸爸知道该怎么做。”我摘下围巾，把它裹了起来。

凑近了细看，它不全是黑的。最后一缕夕阳让它的羽毛泛起紫色的光，有点像水坑里漂浮的汽油。在喙和脸部相接的地方，羽毛很薄，露出光秃秃的、灰色的皮肤。

“你看，肯尼。”我说着，指了指鸟喙的根部，“这个部位有点儿秃，像爸爸的谢顶。”

“哎呀，真的，”肯尼说，“这是不是说，它是一只老乌鸦？”

“我觉得不是。我觉得它压根儿就不是乌鸦，应该是一只白嘴鸦，而且很年轻。白嘴鸦只有完全成年后，脸才会变成白色。”

“这么说，是个鸦宝宝？”肯尼说。

“也不完全是。差不多算是青少年吧，就像你和我这样。”

这让肯尼很开心。

“是呀，”他咧嘴笑了，“就像我们俩。”接着他又严肃起来，“它不会死的，对不对？我不希望它死……”

“我想它会没事的，肯尼。”我说。

但我不确定。

第二章　爱的信号

肯尼把白嘴鸦捧回了家，一路上小心翼翼，就像东方三圣人捧着礼物要献给刚出生的耶稣似的。鸟儿躺在我的围巾里，好像已经死了。连蒂娜似乎也感到事情严重，它没有吠叫，小跑着跟在我们身边，甚至都没有停下来嗅一嗅灯柱。

这么大的一只白嘴鸦，捧在手里居然这么轻，真让我吃惊。我本想说，它轻得像一片羽毛，但这似乎还不够。即便像蒂娜这样的小狗，也是沉甸甸的，让人感觉真实，因为那身体里有骨头，有血肉。但这只白嘴鸦捧在手里，却让人觉得像是捧着一个梦，或者一个念头。

我们回到家时，爸爸还在睡觉。

“我们应该把它放到工具棚里。”我说。

肯尼摇了摇头。“不行，那儿太冷了。也许等白嘴鸦好一点儿的时候……”

“爸爸会大发脾气的。”我说。

但肯尼已经下定了决心。

“我们以前放嗅嗅的那个纸箱子还在吗？”他问道。当事物联系在一起时，肯尼就很喜欢，这能帮助他理解这个世界。

“我想应该不在了。”我说，“但我可以再找一个很像的。”

我在楼梯下面找到了一个。肯尼把白嘴鸦放了进去，仍然用我的围巾裹着。它躺在那里一动不动，黑眼睛却看着我们。

“你觉得它需不需要吃晚饭？”肯尼问。

“要吧。你也一样。你为什么不去院子里找些蚯蚓呢？我来给你做豆子配吐司。”

“好吧，”他说，“不过，别在吐司上抹太多黄油。我不喜欢太油腻。我喜欢豆子多些。”

于是我给他做了些吐司，刚做好，他就回来了。

“天黑了，”他说，“我只找到了一条蚯蚓。”

他拿的并不是一条蚯蚓，是半条。

“蚯蚓的另外半截卡在土里了，”他说，“不过这没关系，学校里老师说，蚯蚓要是被截掉一半，身子还能再长出来。所以呢，这样更好。鸦仔有了晚饭，蚯蚓还能长出新的半截身子。”

“鸦仔？”我一愣。

“对，这是它的名字。”

“这名字真烂。”

“为什么？”

“就是很烂啊。本来是鸦，后面跟个‘仔’，这就成了名字了。随随便便加个‘仔’啊、‘尼’啊什么的，算是最蹩脚的起名方法了。”

“那又怎么样？”肯尼说，“反正‘鸦仔’就这么叫了。我叫‘肯’，末尾跟个‘尼’，这有什么不好吗？”

这倒让我不知道怎么回答了。

肯尼吃饭的时候，我试着让鸦仔也吃一点。那半条蚯蚓仍在微微蠕动，看上去非常恶心。

鸦仔缩在纸箱深处看着我。我终于第一次看到它动了动脑袋。我把蚯蚓举到它那坚硬的灰色喙边，它微微张开了一点儿。

肯尼凑了过来，嘴被豆子的酱汁染上了一圈橙色。

“它会吃的！”他说。

然而，鸦仔却闭上了嘴，脑袋再次垂回到了围巾里。

我看着肯尼，发现他眼睛有点儿湿了。肯尼从来不藏着掖着，他心里怎么想，就会怎么说；如果他感觉到了什么，就展示在脸上。

“它不会有事的，肯尼，”我说，“它只是需要休息。它被那只可恶的老鹰欺负，有点儿受伤啦。爸爸会治好它的。”

“爸爸会治好谁呢？”门口传来一个声音。是爸爸，睡眼惺忪地站在那里。“真见鬼，你们这俩小子，”他看到厨房桌上的纸箱，忍不住说道，“这回又是什么？”

我张了张嘴，本想解释，但还没等我说出口，肯尼已经把整件事的经过一股脑儿倒了出来。

“有只老鹰要吃鸦仔，但我们救了它。现在我们要照顾它，让它好起来。你可以帮忙，珍妮也可以帮忙。”

珍妮是爸爸的女朋友。她人很好，我和肯尼都很喜欢她。

“那我们看看吧。”爸爸说。

他说着托起白嘴鸦，把它轻轻地捧在大手里。他拉开白嘴鸦的一只翅膀，鸟儿吃力地啄了他一下。

“哎哟，”爸爸笑了，“你还有点儿力气嘛。”

院门开了，珍妮走了进来，一边走一边大喊“咚咚咚，开门啦”。她经常这样。我想，她是想让我们知道她没把这里当成她的地盘，尽管她确实老待在这儿。她是一个护士，和爸爸在同一家医院工作，经常开车载他去上班，因为我们没有车。

珍妮帮鸦仔清理了后背和胸部的伤口。她用的是一种顶端绕了棉絮，可以直接蘸消毒液的小木签。

“我敢打赌，一定很疼。”肯尼说。

“我们应该带它去看兽医，”珍妮说，“我只知道怎么照顾人类，但不太懂鸟。”

“那就得花钱了……”爸爸说。

大家静默了一会儿。我们没有多少钱，没有余钱花在一只野生白嘴鸦身上。

“它会没事的。”肯尼说，“我和尼基老弟会照顾它的。”

爸爸和珍妮去上班了。我和肯尼待在厨房里陪着鸦仔。我猜，肯尼认为我们只要坐在这儿，不断发送爱的信号，就能让这只鸟儿活下去。

鸦仔缩在纸箱角落里。我们把一张免费报纸撕成细条垫在里面，这样我就能拿回围巾了。白嘴鸦仍然呆愣愣的，但我时不时能听到它移动身子时报纸发出的窸窣声。至少我们知道，它还没有死。一定是肯尼的爱在起作用吧。

最后，就连肯尼也厌倦了傻坐在那儿盯着，我们就睡觉去了。我反复确认厨房的门关好了——蒂娜整晚都想进去——我们都知道，要是它进去了，那可是大大的不妙。

第三章　惊天大秘密

第二天早上我起床时，肯尼已经在院子里忙着为鸦仔收集蚯蚓了。他走进厨房，咧嘴笑着。

“我捉到了两条！”他宣布，脏乎乎的手指抓着蚯蚓举得老高。

我们蹲在鸦仔的纸箱边。这只鸟儿很安静，一动不动。我敢肯定它夜里已经死了。该怎么对肯尼说呢？说它上天堂了？说那是一种生命循环，就像《狮子王》里那样？问题是肯尼害怕，害怕失去他爱的东西，害怕被丢下。我也很难受，要是当初没发现鸦仔就好了。

但当我把手伸进纸箱时，鸦仔晃了晃脑袋，试图啄我。实在是一个软弱无力的动作，显得活力不足，但至少还有活力。鸦仔没有放弃，我们也不会放弃。

肯尼拎起一条蚯蚓在鸦仔的喙前晃了晃。鸦仔一歪脑袋，叼住了它，动作迅速。肯尼尖叫了一声，半是惊吓，半是惊喜。鸦仔叼着蚯蚓甩了几下，吞下肚，肯尼笑了。

“该我啦！”我叫道，快乐和如释重负的暖意一下子驱散了悲伤的阴霾，“把那条蚯蚓给我。”

“没门儿，”肯尼说，“谁捡就归谁，谁丢谁倒霉。你自己捉去。”

说完，他把另一条蚯蚓喂给了鸦仔。

我可不想大冷天的在泥巴里扒来扒去。

“我猜它可能想要来点儿可可米，”我说，“蚯蚓大餐的餐后甜点。”

说完，我从橱柜里拿了些出来。我本想摊平手掌把可可米直接送过去，就像给马喂面包片那样。但我害怕被它啄到，于是就撒在了纸箱里。鸦仔理都没理一下。

“看来它更喜欢我的蚯蚓。”肯尼说。

“也可能只是吃饱了，”我说，“它一会儿就会再吃的。不管怎么说，现在轮到你吃早饭了。”

我给自己和肯尼倒了可可米，在上面浇了牛奶。

肯尼嘎吱嘎吱地嚼着早饭，突然，他眼睛一亮，似乎突然想起了什么。我以为他想到了鸦仔，结果不是。

“我有一个秘密，”他说，“我本来打算昨天对你保密的，结果我忘了。所以呢，我打算今天对你保密。”

“拜托，肯尼，求你啦，”我说，“告诉我吧。不然我非急死不可啦。”

说起肯尼，这家伙最大的问题就是，他是全世界有史以来最差劲儿的保密人。要是我直接说“我才不想听呢”，他肯定立马就竹筒倒豆子了。不过，那对他也太不公平了，我知道，他就是喜欢玩这种吊人胃口的把戏。

“不行！”他说，“这是个大秘密！是个……”他停了一下，想找个合适的词，“是个惊天大秘密！”

“哎呀，求求你啦！”我使劲儿拖长了声音，说成“求——求——你——啦——”。

肯尼摇头：“不行。杀了你的话，我就得告诉你。”

他的意思其实是“告诉你的话，我就得杀了你”。

这是他从电视上听来的，是他最喜欢说的台词。但他总会把前后说反。我倒是不介意，我更喜欢他这个版本。

“你要是告诉我，我就给你一英镑。”我说。

肯尼想了几秒钟，说：“不行。”

我对他刮目相看。要是一英镑都没法让他开口的话，那可真是个大秘密。

“那我让你玩我的游戏机，半个小时。”

我们每天只许玩半个小时的游戏机。这是珍妮定下的规矩。就像我说的那样，珍妮人很好，但也很严格。她还反对可可米来着，但肯尼早餐只肯吃这个，她只好让步。其实，你也不能抗议珍妮这个半小时规矩，因为我们能有游戏机玩，全靠她从网上淘来了这个二手货。

肯尼开始想象自己操纵遥控杆的情景，手指微微抽搐。

“那好吧。行，”他说，“那我就告诉你。你知道我们学校新来的那个小孩儿吗？”

我其实并不知道他指的是谁，但我说：“知道。”

我以为肯尼的惊天大秘密是这个孩子能放屁发出字母的音，或者知道女孩的某某部位叫什么名字。

“他是《神秘博士》[1]里的那个博士。”

“什么？”我愣住了。

“不是什么，是神、秘，神秘博士。他就是神秘博士。”

我看着肯尼，完全不明白他到底在说什么。

“你嘴张这么大，是在捉苍蝇吗？”肯尼说。这是爸爸看到有人傻愣愣地张大嘴的时候，常说的一句话。我现在就是这个样子：傻愣愣地张大嘴。他叹了一口气，啧啧两声，好像我真的很笨。他重复了一遍。

“我们学校，有个男生，他是神秘博士。”

“哦！他当然是啦。”我说。

现在我猜这大概是他听说的某个笑话，正在等着抖开包袱。接着，我也记起来一个关于神秘博士的蹩脚笑话，我得赶在忘掉之前，告诉肯尼。

“神秘博士喜欢吃什么样儿的比萨？”

肯尼一脸困惑。

“我不知道，但我可以问问他。”

---

① 《神秘博士》是一部风靡英国的科幻电视剧。其中的主角神秘博士是一位来自外星球的时间领主，乘坐飞船在时空中穿梭，对抗恶势力，保卫星球文明，有时还会带上人类同伴一起进行宇宙冒险。

"不是啦，这是个笑话。"我说。

"什么笑话？"

"神秘博士喜欢吃什么样儿的比萨？"

肯尼仍然一脸困惑。

"我不知道，"他说，"自从他来了以后，学校里还没吃过比萨呢。"

"唉，算了，我放弃。"我觉得解释这个笑话不太值得，就再回到正题，"那你怎么知道这个小孩儿是神秘博士？"

"他告诉我的。"

肯尼是那种别人说什么他都信的人。所以我讨厌对他撒谎，对他撒谎毫无乐趣可言。

"当然。不过，肯尼，人们并不总是说真话啊。"

"可神秘博士总是说真话，"肯尼说，"他从来不说谎。要是这个小孩儿说他自己是神秘博士，那他就是。"

"话不能这么说，肯尼，他——"

"而且，他会魔法。"

"什么？"

"他能从你耳朵里变出钱来。还有，如果他让你选一张扑克牌，你从他那堆牌里任意选一张，他总能知道是哪一张。方块Q、大小王，还是什么，他都知道。”

“当然，不过——”

“他什么都知道。你要是告诉他你的生日、你多大了，他就知道你出生的那天是星期一、星期二、星期五，还是星期几。”

“那并不是——”

“他还可以倒着拼单词，你告诉他任意一个词，他立刻就能倒着说，所以他叫我‘尼肯’而不是‘肯尼’。要是他遇到你，也不会叫你尼基，但是……嗯，反正我办不到。不过他说，我可以做他的助手，因为他刚好需要一个。”

最后那一点儿我没认真听，因为我在倒过来说“尼基”这个名字。

“基尼。”我说。

“什么？”

“倒过来说是‘基尼’。”

但肯尼毫无兴趣。

“不管怎么说，这就证明了，”他继续说，“如果他不是神秘博士，他就不会倒着说话，也不会知道你出生的那天是星期几。”

我有点想笑了，但我不想扫肯尼的兴，于是说：“好吧，真棒。真希望神秘博士也是我的朋友。不过，你们一起冒险的时候可千万要小心。”

这话让肯尼觉得很满意。

“现在该你喂鸦仔啦。”他说。

第四章　真相和谎言

“好了，我告诉了你一个秘密，你也得告诉我一个。”肯尼说。

“这不公平，”我抗议，“我都已经让你玩半小时游戏机了。”

“这是规矩，一个换一个。游戏机另算。”

“为什么？太不公平了。”

“这是规矩，”肯尼又说，“这样才扯平。而且你不能说垃圾秘密，比如爸爸把花街巧克力藏在哪儿的那种秘密，因为我知道。”

想到那些金色、红色和绿色的糖纸，肯尼的眼睛亮了一下。

“真的吗？”我说，“藏在哪儿了？”

“如果我告诉你，你就欠我两个秘密了，而且你会把它们都吃了。”

“你说把秘密都吃了？”

“别犯傻了，我说的是巧克力。”

即便在爸爸很糟糕的那段时间，圣诞节的时候我们也会得到一大罐花街巧克力。那是圣诞节最棒的事。有一年的圣诞午餐，我们只有汤和烤薯片可吃，但饭后爸爸捧出了花街巧克力罐子，我们一起坐在电视前把它吃得精光。

“我知道你想干吗，”肯尼说，“你在想，说点儿别的事，这样你就不用告诉我你的秘密了。”

“可要是我没有秘密怎么办？”我抬头看了看天花板，又看了看地板。

“哈！”肯尼叫道，“我知道你有。因为你最近很奇怪，但是爸爸和珍妮都说先不能问你。”

我大笑起来。有时我都忘了，肯尼虽然有学习障碍，但他能把我看得一清二楚。他看穿我的本事比看书厉害得多。他阅读速度有点慢，必须把手指放在每个单词下面才能拼得出来。所以他喜欢我读给他听，要是他自己读就太慢了，简直就像交通大堵塞。

“那好吧，”我说，“我的大秘密就是，我攒了二十英镑，打算用这笔钱买一件仿冒的利兹联队T恤衫。”

肯尼看着我，一脸茫然。对大多数人来说，脸上茫然是因为大脑也茫然。但对肯尼而言就不一样了。他脸上茫然，是因为他正在非常非常用力地思考，好像脑力已经全用光了，完全顾不上管理脸上的东西了。

“这不是你的惊天大秘密，”他说，“这根本就不是秘密。这只是一……一……一件事。秘密必须是你不想让别人知道的东西。”

他说的对。

“那好吧，我的大秘密就是，我会飞。”

肯尼白了我一眼。“那只不过是个该死的谎言。”

“不许说脏话，肯尼。”我说。

“那你也别扯该死的谎话啊。”

他有道理。肯尼在区分真相和谎言方面的确有了很大进步。早几年他就信了。

“那好吧，”我说，“我知道一种功夫忍者的特别招数，可以让我隐形。这个动作叫作‘致命无声猛龙吼’。”

肯尼大笑起来。

“那不是忍者的招数，那是一种放屁的招数。我才不傻呢。”

“不，这就是真的！”我说。

“那来啊，出招啊！”

“好吧，我出招了。不过我可警告你了，非常非常危险啊！”

肯尼并不真的相信什么致命无声猛龙吼，但仍然非常仔细地观察。我猜，他肯定觉得我要耍花招，所以想在我露馅儿的时候揪住我。

“走近一点儿。”我说。

他向前走了几步。

“别走神啊。”

“那当然。我倒要看看你想耍什么把戏。”

“很好，”我说，“这需要动用全部脑力。我要先这样……”我转过身，身体左侧对着肯尼，“然后这样……”我抬起左臂，屈起肘部，“然后再这样。”我又把左脚抬离地面，膝盖弯曲。

肯尼张大了嘴巴。他马上就要目睹一个让他大开眼界的招数了，一个真正特别的招数，独一无二的招数。我勾了勾手指，肯尼又往前挪了几步。

然后，我猛地跳了起来，放了一个从肯尼进厨房起我就在酝酿的超级响屁。炸裂般的一声巨响吓得肯尼慌忙跳到一边，我则仰面朝天倒在地上，笑得快要尿裤子了。

最棒的是，纸箱里的鸦仔居然呱地叫了一声回应我。也不知道它是对这个屁产生了反应，还是它本来就想叫，总之，它时机拿捏得特别准，逗得我跟肯尼笑得前仰后合。肯尼跳到我身上，而我笑得太厉害，根本没法摆脱。

忽然，门嘎吱一声开了，我抬头一看，爸爸正冲我们笑呢。接着他表情一变，扇了扇鼻子。

“我的妈呀！”他几乎透不过气来，“快把窗户打开。你这个屁浓得都能当成汤拿去蘸面包啦。啊，闻起来像个流浪汉拉了裤子，还把裤子藏在了厨房里。这简直不是人放的，就像臭鼬放的。比臭鼬的屁还臭，像卷心菜娶了鸡蛋，生了孩子，全都死在了厨房里。不对，不是全都死了，还有一个蛋长大了，长成巨大的卷心菜鸡蛋，然后放了个屁。哦不，比那个还糟，简直就像有人放了个屁，然后它活了，变成一个臭屁怪兽，臭屁怪兽又放了个屁。你这个臭屁已经快要把你们的小鸟臭死了，好像它遭的罪还不够多似的。”

他每说一句，我和肯尼就笑得更厉害。

接着，珍妮出现在他身后，说：“我的上帝啊，这个屁简直要把我的睫毛都熏焦了，绝对！要是不给我拿件核防护服穿上，我才不肯进来呢。”

终于，肯尼说：“原来这就是他的惊天大秘密——他的屁股里住了一只臭鼬。”

行了，我们又笑疯了。

第五章　后门风波

歪打正着，肯尼说得一点儿不错。

我的确有个秘密，不是“致命无声猛龙吼”的那种。

我在电视上见过一种黄蜂，它把卵产在毛虫体内。白色的幼虫在毛虫体内孵化，以毛虫的肉为食。它越长越大，直到填满毛虫的身体。最后，毛虫死了，新黄蜂从毛虫身体里钻出来。当毛虫活着的时候，它只是体内黄蜂的奴隶。它不断吃东西，黄蜂才能长大。

我的秘密就有点儿像这种，盘踞在内心深处，占据所有的空间，最后钻出来。

当然，黄蜂的这个听起来很恶心，像恐怖片，但我的秘密不是恐怖片。好吧，但它的确让我觉得像是生病了，有点儿害怕，好的那种害怕——如果能这么讲的话。

从家走到学校要二十分钟。一路上，我都能感觉到内心的那个秘密。它今天不太像黄蜂幼虫，更像嘴里含着的一块糖果，只要含在嘴里，就觉得快乐，甜蜜会填充到身体的各个角落。唯一不那么完美的就是，你知道这种甜蜜不能永远。

我走到学校的后门。和往常一样，总有几个孩子堵在那里。七、八年级的时候，我看到他们总是很害怕，不过现在我不怎么担心了。仍有几个孩子喜欢拿肯尼、妈妈说事，但我不再像以前那么难过了，我内心更强大了。

问题是，有时候，外表也得强大……

三个孩子动了动，堵住了大门。他们都是十年级的，其中两个都是大块头，邋里邋遢的，这一天才刚刚开始，他们的衬衫衣角已经翻到了外面，领带也松了。

虽然保持不了太久，但我和肯尼去学校时总是把自己收拾得利利落落、干干净净的——这是珍妮的规矩。

其中一个大个子用指关节夹着一支香烟，模仿着他在酒吧门外看到的硬汉。

第三个男孩个子矮小，头发乌黑，衣着整洁。他长着一双毫无笑意的黑眼睛，哪怕脸上其他部位都在笑，眼睛里也是冷冷的。他叫皮特·斯坦诺普，大家都叫他斯坦诺。

“你好呀，尼古拉斯，”他直呼我的大名，声音极尽甜美，“你家的傻小子怎么样啦？”他指的是肯尼。

“挺好。”我说，试图从他们旁边挤过去。但不管我怎么挪动，都被他们挡住。

“他在新学校适应得怎么样啊？”

斯坦诺仍然阴阳怪气的。我猜他本来打算再多演一阵儿，但其中一个大猿猴已经怪笑起来，于是大家一顿爆笑，斯坦诺更是尖叫着：“特殊人才，上特殊学校！”三个家伙手舞足蹈，疯子似的表演起来，发出各种傻乎乎的声音，双手向前摇摇摆摆地挥动着。

我正打算从他们身边挤过去，身后却传来另一个声音。

“很好笑吧？真好笑哦。等我把你看的网站告诉爸爸妈妈之后，就更好笑了。”

我转过身来。是萨拉·斯坦诺普，斯坦诺的妹妹，和我同一个年级。她长得很像她哥哥，黑头发、黑眼睛，一样小巧、优雅的嘴。

那两只猿猴笑得更响了，但斯坦诺却彻底僵住，脸上的假笑也不见了。

“你胡说，”他说，“根本就没什么……”

“那你在删除历史记录的时候，就该加倍小心。”然后萨拉举了几个例子。确实是一些搞笑又惊悚的词语，她每说一个，两只猿猴就欢呼一次，斯坦诺的脸就涨红一分。他朝她骂了几句脏话，两只猿猴止住了笑。

萨拉从那三个家伙身边挤过去，走进了学校，没和我说一句话。她那样维护我，我却不知道该怎么办，这让我感到十分难堪。我跟在她后面，觉得该说声谢谢，也许开个玩笑。但我知道，我没胆儿。

突然，我的后脑勺被人狠狠地拍了一下。我转过身，是斯坦诺和那两只猿猴。他们凶巴巴的，僵硬的脸像石头或者金属，而不是肉做的。

“敢告诉别人，你就死定了。”他说，“你和你们家那个大笨蛋，都死定了。”

我觉得自己就要失去控制，想对着斯坦诺的脸狠狠地来上一拳，打得他那张脸彻底别想要。我才不在乎他那两个死党会不会揍我。正在这时，普兰迪太太的笑脸突然出现在他身后。她是我们的生物老师，大家都很喜欢她。大多数老师都是开车来学校，但她坐公交车，所以走这条路。

“来吧，尼基，”她的声音十分友好，“我敢说你肯定没做生物作业，对不对？你要是跟我过来，上课之前还能随便划拉几笔，总归不会比平时更糟啦。”

说完，她轻快地走了过去，我只好跟在后面。我扭头看了看，正看到斯坦诺盯着我，手指着我，做出一个口型：“你死定了。”

第六章 L开头的词

好了，谜底揭开。

萨拉·斯坦诺普。

她就是我的秘密，真的秘密。我那么迷恋她，迷恋到从眼球到脚趾的每一处都酸痛。每次见到她，我都觉得五脏六腑在沸腾，好像把牛奶锅留在火上烧。但我不能和她说话。事实上，我甚至都没试过。我知道我会结巴、脸红、胡言乱语，我甚至不敢直视她的眼睛。她让我望尘莫及——她是那么聪明，漂亮，酷，受欢迎。

正好是“我”的“反义词”。

还有，她居然是，这个学校里我最讨厌的人的妹妹。

这一天过得都很奇怪。所有的事情没有和平常不同，上课，课间休息，走廊里满是尖叫的孩子，老师吼叫，诸如此类。但都模模糊糊，好像我周围裹了一层雾。我满脑子都是萨拉，满脑子都是她为我出头时我该说什么，或者事后我该说什么，或者现在我该对她说什么。我不停地在脑子里出演一个个场景。但，即使在我自己的白日梦里，我也张口结舌，百无一用。

过去，我从来都不担心自己的外表，衣服啊，发型啊，全不在乎。但现在，我想的都是我的发型有多蠢，我的鞋子有多烂。

一个部分的我真的好想和人谈谈萨拉。而另一个部分的我又知道，我办不到。我在学校有两个要好的伙伴。一个叫朱诺，他有点算是怪胎，但总的来说还好。另一个叫本，也像个怪胎，只不过——好吧，反正你已经知道我朋友的类型了。我们几个绝对不是学校里称得上酷的孩子，当然，在这里的“食物链”上，还有比我们更低级的。

本——我们都叫他“大本”，因为他个子大。他主要对电脑上头。不是玩游戏或是其他好玩的东西，而是设计程序，写代码。虽然我也不太知道那到底是在干什么。

朱诺没有那么酷，他痴迷的是厕所。我是说，他特别喜欢上厕所。他给厕所起了各种各样的名字，还会在早上分享他的厕所历险。我猜，要是你十四岁，没有女朋友，或者根本没机会交到女朋友，大概就会发生这类事。

总之，我没法和朱诺、大本他们俩谈论萨拉，这根本就不是我们会聊的事，我们探讨的都是电脑、书、足球，还有朱诺早上生产的屁屁类型。要是我告诉他们我迷恋萨拉，他们准会像看神经病似的看我，就好像我在说我暗恋美人鱼，或是某个电视名人。

所以我只能把它埋在心底，无处释放。我说的“它”指的是一种感觉——兴奋、恐惧、困惑、渴望，还有……好吧，听起来够傻，但我猜我该用“L”打头的那个词来形容。

是的，Love。

好在星期一我不用和萨拉一起上课，不然这简直能要了我的命。光是在课间休息的时候看着她穿过校园，已经够让我难受了。

第七章　薯条推土机

午餐时间到了。学校的午餐还凑合，只要别去选“健康食物”，那通常是烤土豆搭配一坨糊糊。糊糊有时候是褐色的，有时候是黄色的，有时候还会有些疙瘩，但确实是一成不变地糊。没错，就是那样，疙里疙瘩、黏黏糊糊，好像猴子吐出来的东西。

我要了千层面和薯条。千层面也配了一坨棕黄相间的疙瘩糊糊。不过无所谓，我不饿。

“我能吃你的薯条吗？”看到我没有吃，朱诺问道。

“什么？哦，当然可以。”

“你确定不想吃？”

“不。我是说，没错，我不想吃，都归你了。”

朱诺伸出他不怎么干净的手指去抓我盘子里的薯条。他嘴里发出一种机械的声音，一顿一顿地挪动手臂，好像起重机或者有抓斗的推土机在作业。这是小学生才会开的那种玩笑，我真替他难堪。

接着，事情变得更糟了。朱诺这么扮演推土机的时候，我忽然听到盘子和餐具在托盘里碰撞的声音，几个孩子走到我们对面。我抬起头，觉得那几个应该是我们年级的学生。

是我们年级的。

至少有一个是。

萨拉·斯坦诺普和她的两个朋友。

我认为萨拉并没有费心考虑要坐在哪儿，和谁坐在一起。这时，她抬起眼睛，我们的目光相遇了。

“卡——卡——咕——咕——呜——”朱诺还在继续，几根薯条从他的“抓斗”里掉了出来。

“注意重物，注意重物！”他说，弄出一种步话机里会发出的声音，“紧急呼唤薯条救援小组，请速来救援，完毕！”

“收到！”他又自问自答，“可能会有延误。所有救援团队目前正在应对半人马座阿尔法星的鸡块事件。完毕。”

说完，他弯下腰，像猪拱食槽那样，扫荡了桌上的薯条。他这么做的时候，大本猛地一按他的后脑勺，把他的脸埋在了薯条里。

“放手！”朱诺叫喊道。

“帮你吃得更快些。”大本咯咯笑着说，“哼——哼——哼，真好吃！来，再加点儿盐。”他说着往朱诺的后脑勺上倒了一大堆盐。

这倒不是大本在欺负朱诺什么的。大本这家伙就算欺负你，也不过像是有人用棉花糖或者气球攻击你。他们只是在胡闹。

我看向萨拉，努力摆出一副面孔，想要表明：“嘿，我跟这俩笨蛋可不是一伙儿的。”但她和她那两个朋友已经转身走开了。是啊，谁愿意和几个像猪拱食槽似的吃桌上的薯条、弄出推土机噪声，还往别人头上撒盐的傻帽儿坐在一起呢？

“谢谢，伙计们。”我叹了口气。

“啥？”朱诺终于逃脱了大本的魔爪，抬起头不解地问道。他的头发乱蓬蓬的，脸上还粘了一块薯条。

“没什么。”

第八章　一个计划

可真够傻的，真的。我完全不知道自己在想什么。也许，当你迷恋某个人，就会这样——变成白痴。

本来，我该和大本、朱诺他们俩一起走回家的。

而且，我也有点儿想赶回家，看看鸦仔。

但我看到了萨拉，只有她一个人，朝公交车站走去。所有关于鸦仔的念头都被抛在了脑后。

“我要坐公交车进趟城。”我对那两个男孩说完就朝车站跑去。

我想我算是有个计划。能找她聊点儿什么，比如“我为我那两个白痴哥们儿的事向你道歉……还有，谢谢你今早帮了我”之类的。

这实在太蹩脚了。不过，也许到时候我一张嘴，就自动吐出优美的诗句，告诉她我爱她，我想和她结婚，想和她在森林小屋里幸福生活，或者其他什么甜言蜜语。

公交车站有不少等车的孩子，从七年级的小菜鸟到十一年级的大恐龙。以前我也见过萨拉坐 15 路公交车。现在，我希望车别来，直到我鼓足勇气说出我想说的话。

我挨着商店站着，萨拉就在公交车站边。她戴着耳机，很显然，她并不是真的站在街上，而是已经出发去了音乐带她去的地方。我看到她的嘴唇微动，唱着歌词。我试图猜出她在唱什么，嘴唇也跟着她的节奏，但还是猜不出那是什么歌。我有点儿担心，生怕那是一首难听的歌。她看上去很酷，但不见得在音乐方面有好品味。当然，我不认为自己会因此对她产生反感。唯一能让我退缩的，只可能是她拉开皮肤上的拉链，露出半截蜥蜴身子。

终于，我意识到该说什么。我只需要说“谢谢”，她就会问我“谢什么”，然后我们就可以交谈了。

就这样，是个好计划。虽然不是全世界最棒的计划，但非常好，非常简单，就算是我这样的人也不会搞砸。然后呢，我可以告诉她鸦仔的事，再问她是不是愿意来看看它。

我正要迈开腿，一大群孩子涌了上来。公交车来了。

我可以走开，但我就是做不到。我随着人群一起往前挪，挤挤挨挨，推推搡搡，不等我回过味儿来，人已经在公交车上了。大部分孩子都朝司机挥了挥手中的公交卡。我没有公交卡。我想买张票，但我抵挡不住拥挤的人群，被裹挟进了车厢里面，刚好看到萨拉沿楼梯上了公交车的顶层。

现在再退回去已经太晚了。我和她之间隔着几个孩子，大家都在争先恐后地沿楼梯往上爬。

于是，我上去了，到了公交车的顶层。我看见了萨拉。意外的是，她旁边居然有一个空位子。她仍然没有看到我——她把脑袋埋在了书包里。

这就是吗？这就是我等待已久的机会吗？一个让自己大出洋相的机会。我犹豫了。其实我只要坐过去就行了。这时，有人从后面推了我一下，我一个趔趄从她身边走过，坐在了她身后的座位上。公交车摇摇晃晃地发动了，车厢里一片混乱。孩子们又笑又叫又骂，互相扔东西。我反而松了一口气。要是刚才坐在她旁边，我就得说话了。我一说话，她会让我滚一边儿去，或者干脆不理我，像看空气一样当我不存在，再或者厌恶地看着我，好像我是一坨粘在鞋底的脏东西。

不，至少我还在这里，安安全全地坐在她后面，一切皆有可能。虽然在悬崖边，但还没有跳下去。

对呀，我可以就这么躲在后面等她下车，然后我也下车，走回家。虽然会走到比一条腿的鸭子还惨，但也不算完全丢脸。

然后，我听到了这世上最恐怖的声音。

第九章　双重灾难

“请出示车票。”

哦，真是活见鬼。

是查票员！

查票员就是那种穿着正常却行为鬼祟，总想抓人现行的家伙。他留着小胡子，就是那种手握芝麻粒大的权力，却总想给他人造成最大痛苦的人会留的那种小胡子。

双重灾难。被他抓到就得交一大笔罚款。不只这个，萨拉还会目睹一切，整个公交车上的疯孩子都会嘲笑我。我必须迅速行动。

查票员走到了公交车的前面，正好背对着我。萨拉凝视着窗外，随着音乐的节奏轻轻点着头。

我并不是唯一想要躲避“查票纳粹”的人。当我起身奔向楼梯时，还有六个孩子也做了同样的事。我是第一个，当我冲下楼梯，刚好听到查票员转过身来高喊：“喂，叫你呢！”

但我们已经丁零当啷地涌下了楼梯。公交车正好停下，等一位老太太上车。我没有冒险从下车专用的中间车门下去，而是蹿到了前门。不等有人阻止，就冲了下去。车关上门开走了，其他孩子都没跳成。

萨拉看见我了吗？一想到这个，我的脸顿时红得像个西红柿。

我觉得自己应该到马路对面坐反方向的公交车回家，彻底放弃那个愚蠢的念头。但我控制不了。这个我指的是还在思考的那个部分。而迷恋着萨拉的那一部分我，现在可是接管了一切。这简直是疯了——简直就像让肯尼决定我们每晚喝什么茶。

总之，我知道她不可能住得很远——这里已经快要出镇子了——于是我跟在公交车后面跑了两个十字路口，又上了一条小街。一路上交通繁忙，所以追起来并不困难。

就这样我跑过了三站。每次车子靠站的时候，我都喘着粗气等候，祈祷她能下车。那样，我就真的能上去和她说话了。我甚至还想出了另一套交谈方案。我会说，她丢了一英镑，被我看到了，所以才一直追，要把钱还给她。这个计划简直漏洞百出，比爸爸袜子上的洞还要多。然而，就像我说的那样，我脑子里满是聪明才智的那个部分完全不听使唤。

第四站到了。终于，我看到她的外套下了车。当然了，还有她本人。

该怎么办？我现在不能和她说话。我喘个不停，喷着热气，要是现在就开口，肯定像公共盥洗室里的烘干机一样。

于是，我又跟着她走了一会儿，尽力平复呼吸。她仍在听音乐，与世隔绝。她甩着书包的样子，在我看来几乎可以形容为……美丽。

是的，美丽。

我可以看她甩那个书包，看上一整天。那么优美的节奏，就好像……好像荡秋千。对，她就像是在荡秋千，优雅地荡秋千。

终于稳住了呼吸。我就在她身后，离她大约二十米。就是现在，只要跑两步。一英镑的硬币已经准备好了。

我低头看看硬币。

我怎么能假装自己是为了送钱一路追来的呢？我难道要说自己就一路跟在公交车后面跑，像狗狗追着邮差面包车？

我又把硬币放回了口袋。

好吧，我只打算说："萨拉，你想出去吃个汉堡吗？"唉，我打赌她不吃汉堡。那就吃比萨。好吧，她可能也不吃比萨。女生都喜欢吃什么呢？反正不能带薯条，这可以肯定。云雀？天鹅？不，不会是天鹅。那简直像是在吃海豚。我可不想请她吃天鹅或者海豚，这一点不会变。也许就喝杯咖啡？对，这更安全。不是有海豚的咖啡，是咖啡。再来一块天鹅松饼。

我抬起头。她不见了，无影无踪，就像个天使。等等，天使会凭空消失吗？凭空消失的应该是精灵？希望我去教堂的次数能多些，也好多了解了解天使。不过，教堂似乎和精灵没什么关系。我觉得《圣经》里没有提到什么精灵。精灵只会在圣诞树上。还是说，圣诞树上的其实是天使?

我用力甩了甩脑袋。我肯定是要疯了。萨拉没有凭空消失，她只是走进了街上的某一所房子。

那是一些普通的房子，比我们家的大，但也没那么特别。我几乎有点儿失望。我倒没有期望她会住在宫殿或精灵城堡之类的地方。只不过，我还是觉得至少会像是古书中的那种。

我沿着街道往前走，看着那些房子，想弄清楚她去了哪里。我猜，这样独自溜达，盯着各个房子看，一定有些诡异。我也不想被人看见，于是就小跑着从一根灯柱到另一根灯柱，像个手段很烂的间谍或特工。

忽然，临街一扇大窗户里有扇门开了，一件黑外套和一个甩来甩去的书包进去了。萨拉一屁股坐在沙发上，伸手去拿一样东西，我猜是电视遥控器。

她住在这里。

离她家不远的地方停着一辆白色面包车。我走过去藏在了车后面。不，不算藏，只是歇一歇。嗯，好吧，也许是藏。为了方便我思考一些问题。

咖啡。行，就这招儿。我去敲门，她会开门。

“哦，嗨，”我会这么问候，“我在想，你愿不

愿意挑个时候一起去喝杯咖啡呢？”

“什么？现在吗？”她会这么问。

“为什么不呢？”我会这么回答，好像这没什么大不了，我平常就是这么请人喝咖啡的。

“行啊，酷，好的。”

不过，要是她问，我怎么知道她住在这儿，我该怎么说?

那我就说，她的朋友告诉我的。

但我并不认识她的朋友。

无所谓。船到桥头自然直。我试图对着面包车尾的玻璃窗检查一下我的发型，结果发现窗户太脏。有人在车窗的尘土上写了几个字：“擦擦我。”

我照了照后视镜。头发乱糟糟的，我抚平，它又翘回去。

这是最后一根稻草。我忽然意识到自己是如此愚不可及。没顶的绝望涌了上来。萨拉·斯坦诺普永远不会喜欢我，永远不会和我约会，甚至不会去喝什么海豚咖啡。我还不如去约一个真的天使或精灵——尽管她们并不存在。

我现在能期盼的，就是快点儿走上回家的那条长长的路。当然，从某些角度看，我还算顺利。事情本来会更糟——至少她还没有看到我。

我从面包车后面走了出来，迎头撞上了对面的一个人。对方踉跄着后退了几步，我忙不迭地要开口道歉。

我看到了他的脸。

有那么几秒钟，他看着我，一脸困惑。接着，这张脸变得像水泥一样坚硬。

“你在这里干什么，大废物？”皮特·斯坦诺普质问。

第十章　猎物

在此之前，我一直知道自己和皮特·斯坦诺普分别处在什么位置。他和他那几个伙伴是狮子，我和我的几个伙伴则是拼命逃跑的斑马和瞪羚。这比喻很烂，但至少我们心知肚明，他们是捕食者，我们是猎物，这反而给我们一点儿底气。

可现在，我在他家门外鬼鬼祟祟，监视他妹妹。所以我感到心虚，并且理亏。这使我出现了一种多年都没复发过的毛病：口吃。

“没——没——没什么。”

我小时候口吃过。我觉得这跟妈妈离开我们有关。

我记得是在三四年级的时候，我要回答一个问题，结果开口叫“老师”的时候卡住了。“老——老——老——老——”我停在这个字上没完没了，所有的孩子都嘲笑我，就连我们的老师温特沃斯小姐也从耐心到厌倦，最后变得很恼怒。不过，我已经克服了口吃。我也不知道是怎么办到的。有时候，坏事会自己消失。

然后卷土重来。

“那就滚——滚——滚——滚蛋。”斯坦诺嘲笑道，上前一步，朝我胸口推了一下。我完全没料到，趔趄着退后了几步，跌倒在马路上。这时候要是刚好有汽车，我的小命就没了。

有时候，我梦想有机会把斯坦诺单独叫出来，这样一来，没有那群四肢发达、头脑简单的同伙做后援，我就能和他公平地打一架。但现在不行，我没有怒气，只是尴尬万分。

我爬起来，打算溜走，像挨了鞭子的狗。

我以为斯坦诺可能会趁我跌倒再踢上几脚，但他只是盯着我看。然后，他的眼睛睁大了一下，笑了，笑容又变成嫌恶。

“是因为她，对不对？”他问。

“什么？”

“我的妹妹。原来你……”

“不是！”

“不是才怪。你是在——怎么说来着……跟踪她！”

“我没有！”

我那涨得通红的脸出卖了我。

“我看得一清二楚，”他说，“真变态，你想偷窥她，对不对？溜到她卧室窗户边偷窥？你这个肮脏的变态佬。”

斯坦诺抬起脚狠狠地踢向我，我用胳膊捂住脑袋，他的运动鞋重重地踹在了我身上。

他厌腻地朝我啐了一口唾沫，转身走开了。

第十一章　黑夜降临

回到家，天已经黑了。早上出门的时候，我的心情就不怎么好。而此刻，当我推开后门，夜的黑暗已经将我淹没，就像海水淹没了沉船。

房子里的灯光让我眼花。饭菜的味道，电视的声音。爸爸大笑，他在看某个喜剧表演。妈妈离开后很多年，他都没笑过，然而现在他又老是笑，就好像一年年在他心里积攒的笑声现在全都倒出来了似的。

一种怒气让我觉得，他是在笑我。

“是你吗，尼基？”他喊道，“怎么才回来，你错过了下午茶哟。”

“是吗，那你就该给我买个该死的手机。”我吼道。不过，我并没有说“该死的”，我说的是那个更脏的词。

我并没有意识到自己对手机的事有这么生气，直到吼出来的这一刻。我所有的朋友都有手机，我没有。爸爸说，要是我周末找份工作，就能买一部。可这附近根本没有工作，连送报纸的工作都没有。有了互联网，甚至都没有人再看报纸了。

房间那一头一片寂静。他们一定是关掉了电视。

爸爸出现在厨房门口。他看起来有点茫然，茫然中还隐隐透着愤怒。酒吧外那些准备打架的人脸上经常会露出这种表情。

我对他说了脏话。我以前从没这么做过，从来没有。我觉得很难受，很想哭，但我也特别生气。并不是真的生爸爸的气，是生所有人所有事的气。爸爸只是刚好出现在这里。

“在我们这个家里不能说那样的话。”他说。

“你以前喝醉的时候就是这么说的，”我说，“不是‘该死的这个’就是‘该死的那个’。”

“别说了，尼基……”

但我已经在说了，什么也拦不住我。

“我们什么狗屁食物都没有。我和肯尼靠面包片活了两年。”

“我尽力了。”

“你尽力个屁。”

爸爸上前一步，手向后一挥，好像要扇我。我没有退缩。我已经退缩得够多了。这时，蒂娜突然出现了，汪汪叫个不停——只要有事，它总会这样。

“来啊，打我啊，不要装得好像以前没打过一样，”我说，“狗屁老爸都这样。”

但爸爸没有打我。我觉得他并不会这么做。他很少打我们，即使在他最糟糕的时候。接着，肯尼出现在他身边。

“为什么你们在喊？”肯尼看看爸爸，又看看我，“蒂娜不喜欢这样。这会让它伤心的，鸦仔也不喜欢这样，它不会好起来的，除非大家都好。”

鸦仔。我全都忘了。我真的很想知道它怎么样了。但如果我开口问，哪怕只是走到纸箱旁边看一眼，就等于认输了。我还没准备好认输。

“闭嘴，肯尼，”我说，“我才不在乎那只蠢鸟。”

说完，我从他们身边冲了过去，把他们丢在身后，蒂娜像个汪汪机器一样汪汪叫个不停。我走进房间，砰地用力关上了门，力气大得房子都抖了一下。然后我扑倒在床上，把脸埋进枕头，像一具死尸一样趴着。事实上，我倒希望自己是一具死尸，因为死尸不会有任何感觉。

第十二章 自然法则

我和肯尼住一个房间，所以我知道他最后一定会出现的。

“爸爸说你是个大傻蛋，但你今天肯定过得很糟，所以他不会在意。”他一边说，一边穿上了自己的蜘蛛侠睡衣。肯尼一直留着这身睡衣，尽管裤腿短得高高吊起来，但每次爸爸把它丢掉，肯尼就从垃圾箱里找回来。我认为他并不喜欢蜘蛛侠，他只是喜欢这件睡衣。

我没有说话，于是肯尼又继续唠叨下去。

“鸦仔吃了很多蚯蚓，有一阵子看上去好多了，还能在纸箱里动弹呢。可是后来它又不行了，爸爸说，他身上可能感染了细菌，需要用药来杀菌。爸爸还说，要是我们等着你，你会下楼和我们一起吃晚饭，然后和鸦仔一起玩儿，可是你没下来。”

“闭嘴，肯尼，”我说，“我要睡觉了。”

我都忘了肚子饿了。但现在已经太晚了。

“好吧，”肯尼说，“给我讲个故事吧。”

我们俩小的时候，我经常读书给肯尼听。书是从图书馆里借来的。家里没有书，除了一本关于钓鱼的，那还是妈妈离开前送给爸爸的圣诞礼物。

肯尼喜欢我念书给他听，但他更喜欢我瞎编的。他把这称为“嘴巴故事”。我想，他之所以喜欢嘴巴故事，是因为这些故事可以永远继续下去，不像书中的故事，总会结束。他总是担心，自己还没准备好，故事就结束了。

“不，”我说，“睡觉吧。”

“我睡不着，除非你给我讲个故事。”

“我没心情。”

“你要是不给我讲故事，我就哼歌。”

肯尼有时会哼一些不成调子的小曲，说这有助于他入睡，但我觉得他知道这会让我烦躁，继而让步，给他讲故事。通常他都能得逞。

可今晚我实在是太心烦意乱了。要是我给他讲个好故事，他会缠着我说上好几个小时。所以，我认为赶紧结束这糟糕一天的唯一可能，就是给他讲一个糟糕透顶的。

“那好吧，”我说，“安静点，我要开始讲了。”

有时候，你能听到微笑的声音，就像某个人在小心翼翼地拆开礼物包装纸。

房门外传来又抓又扒的响动。肯尼下了床，放蒂娜进屋。肯尼喜欢让蒂娜睡在他床上，即便这意味着整晚都有个狗屁股顶在脸上。

“故事的名字叫什么？”肯尼回到床上，搂着蒂娜躺好。

“名字叫鸦仔。”

“是关于鸦仔的故事吗？”

“当然，可能吧，都可以。好吧，话说，有一只白嘴鸦，很年轻，刚刚离开鸟巢不久，所以还不知道怎么活下去。有一天，它被一只雀鹰杀死了。因为这是自然规律：弱肉强食。强者会杀死弱者，吃掉它们。”

“不对！”肯尼抗议。

“闭嘴。”

“可是雀鹰没有吃掉它，你的故事讲错了，鸦仔还活着。”

“那好吧。这只白嘴鸦没有马上被吃掉，因为两个愚蠢的小孩儿以为可以救它。所以，它又痛苦地活了几天，最后还是死了，被扔进了垃圾箱。这说明，你不该违背自然法则，因为你也违背不了。对白嘴鸦而言，被雀鹰弄死吃掉反而更好。故事结束。”

我看着肯尼。他的脸紧绷着，手指死死地堵着耳朵。

我觉得糟透了。我以前从没这样过——伤害肯尼，而且是故意的。我真讨厌自己。也许，这就是我这么做的原因：给自己一个厌恶自己的理由。最后，我会找一处充满了憎恨的黑色洞穴爬进去，就像教堂墓地的食尸鬼那样爬进古老的坟墓。

我躺在床上，怎么都睡不着，直到听见肯尼的呼吸渐渐缓慢而规律。然后我听到爸爸沉重而疲倦的脚步走上了楼梯。我又等了一阵儿——不知是多久，因为当人醒着躺在床上的时候，时间总是变得很奇怪。最后，我蹑手蹑脚地下楼来到厨房，朝鸦仔的纸箱里

看了看。肯尼在里面为它放了些树枝、树叶和干草。我想，他是打算把纸箱弄得像个鸟窝。

“嘿，鸦仔。”

白嘴鸦抬头看着我，我低头看着它。它伤得很重，背部和胸部的羽毛都不见了。我轻轻抚摸它，这一次它没有反抗。我捧起它，坐在厨房地板上，让它躺在我的腿上。它就那么静静地待着，没有挣扎，就像野生动物在临死前终于放弃了。我没有为这只鸟儿哭太多，为自己、为肯尼和为爸爸的部分要更多一些。但，唉，我也为鸦仔哭了一些。

第十三章　愤怒

我没有拉窗帘，结果清晨的阳光射进屋里，弄醒了我。我本想叫醒肯尼，说对不起，但又觉得最好还是不要提昨天的故事。他擅长忘事，如果我又让他想起来，他只会再难过一回。我也对爸爸感到抱歉。我知道他是个好人，善良的人。现在他和珍妮交往，又找回了自己，他是个好爸爸。但我的内心仍然填充了太多愤怒，无法道歉。

不过，愤怒也不全是坏事，有好的一面。愤怒是一种能量，让你想去做点儿什么，而不仅仅是蜷缩在一角等死。

我知道我想做什么。

昨天我是一个可悲的失败者。我跟着萨拉跑来跑去，就像流浪狗，或者像一股臭味。一个臭屁。然后，我又任由她哥哥打败了我，单对单，没有他那些同伙。

好吧，我打算改变这个局面。今天，不一样了。我会让斯坦诺领教一下，然后我会向爸爸和肯尼道歉，再然后，一切都会好起来。

我穿好了衣服。蒂娜看着我，我以为它会凑过来求我喂它，但它又依偎回肯尼的身边。它是条笨狗，但没有那么笨。

我直接对着包装盒喝了牛奶，又掏出最后一块已经干了的面包片，准备路上吃。我上了早班公交车，赶在所有坏学生堵在校门前就到了学校。操场上只有几个书呆子和笨蛋，他们永远会在响铃前赶到。

校园里的人慢慢多了起来。有几个孩子向我问好，但我只是敷衍了一句。

然后，我看到了他。

斯坦诺。

他和他那几个同伙走进了校园。他的脸色有些苍白，好像生病了。

很好。

我希望他病了。

我正要让他病得再重一些呢。

这就是我的计划：直面斯坦诺，就在这里，就是现在。我要对他说，他是个恶霸、懦夫，要是没那几个猪脑子的同伙，他什么都不是。然后我就上去揍他。一个直拳打在他嘴上，就像电影里那样。他就会像一坨臭大便一样倒地，完蛋。完事后我就去找萨拉，约她出去。

真是个好计划，我猜你肯定会赞同。

如果你也是个白痴。

我朝斯坦诺走去，浑身充满了战战兢兢、忐忑不安的能量。皮肤上似乎满是诡异的爬虫，爬满了后背和胳膊。我一边走一边不停地拉拽自己的衣服，好像一条长了跳蚤的狗。

斯坦诺那两个同伙先看到了我。他们一看到我，就知道有事。其中一个用胳膊肘捅了捅斯坦诺。但斯坦诺仍然心不在焉，似乎心里有别的事，更重要的事。现在，我觉得好像整个学校都在朝这边看。周围一片寂静，平日里不绝于耳的尖叫声、吆喝声和笑声都消失了。

终于，斯坦诺似乎注意到了眼前。他看着我，像他那两个同伙一样，努力绷着脸。但他看起来还是不太对劲。这让我的信心增加了不少。他吓得要死。他怕我。这种事以前从未发生过。他一定知道我是冲他来的，他阻止不了我。

本来，我希望合适的话会出现在我的脑子里，再从我嘴里自然而然地冒出来，就像英雄在痛揍坏蛋之前说的那种格言。

可现在，我站在斯坦诺面前，大脑一片空白。而斯坦诺的脑子里似乎也没什么东西。他只是看着我，目光迷离，神情涣散。这就有点尴尬了。他的同伙看了看他，其中一个又用胳膊肘捅了捅他。他本该领导另外那两个，让他们知道该怎么做。但他却站在那里，像个傻瓜。

所以，我必须做点什么。我并不想揍他，除非他先开口对我说点什么，挑起争端。于是，我推了推他的胸口。我本打算狠狠地推他一下，力气大到让他打个趔趄，就像昨晚在他家外面他对我做的那样。我本以为这样就能挑起事端，他会一下子焕发生机，对我发起攻击。然后我就可以揍他了，就可以把这一切都了结。也许他和那两个同伙会把我打得鼻青脸肿，不过，那都不重要了。

其实那一推并不是很漂亮。我站得有点远，所以，当我的手碰到他的胸口时，胳膊差不多已经伸直了。也就是说，这一推最多只能算小孩子碰了他一下，不该对他有任何影响。他甚至都不需要后退一步。

他也没有后退，而是身子一仰，直接倒地了，好像我是拿砖头砸了他似的。

他躺在地上，眼睛翻了过去，白了，只能看到眼白。他的胳膊和腿先伸直，然后松弛，然后又伸直。他的后背弯成弓形，接着又绷直。他开始浑身颤抖。

我惊呆了，全然无法理解，虽然事情已经再清楚不过，但我想的是，是我干的，他倒地时撞到了脑袋……

一阵沉默，然后四周的人开始喊叫。

“他发病了。”

“快去叫老师！”

“快报警！”

“让他侧身躺着，别把舌头吞下去……”

“别被呕吐物呛死。”

斯坦诺的一个朋友朝我扑过来，打了我一拳，但我感觉不到。直到事后照镜子，看到自己半边脸肿得像个李子，我才回忆起来。当时，我只是呆立在斯坦诺身边，不知道该去哪里，该做什么。

然后，萨拉出现了。她看着我，脸上的恨意硫酸一般灼痛了我。但她什么也没说，只是跪在斯坦诺身边，握住了他的手。她是唯一一个看起来毫不惊慌的人。

“没关系。”她说——我不知道她是在对斯坦诺说还是对这群孩子说，“没关系”。

有人发出半是嫌弃半是嘲笑的声音：“哎哟喂，看啊，他尿裤子了。”聚在周围的孩子全都往后退了几步，就好像斯坦诺是即将爆炸的炸弹。

我没忍住，我也看了，斯坦诺的裤子前面晕开一大块深色的污渍。

萨拉脱下自己的夹克，盖在了斯坦诺身上。

老师来了。是巴克先生，他是我们的体育兼地理老师，尽管他对所有的体育项目一窍不通，在地图上连自己在哪儿都找不到。

“往后站，往后站！”他嚷嚷道，这反而让所有已经退后的孩子又聚回来了，“这是怎么回事？要是你们这帮家伙找麻烦的话，就……怎么说来着……就等着瞧吧！”

“老师，他很生气。”有个学生说，“他推了他一下，然后就这样了。”

一个手指指向了我。所有面孔都朝我看来，巴克先生那张斗牛犬似的老脸也在其中。

“没事的，老师。”萨拉说，“这是癫痫。他过一会儿就好了。我要打电话给我爸，让他带他回家。”

我走开了，觉得自己是这世上最坏的人。希特勒，或者像希特勒那样的坏蛋。只不过，希特勒并不厌恶自己。

第十四章　余震

午饭前，我被叫到肯普女士的办公室——她是我们的校长。我们很少见到她，除了每星期三早上的大集合，她会就学校的价值、个人卫生、彼此友爱之类的主题演说一番，或者大谈努力学习、取得好成绩有多么重要。但大部分时间她都待在自己的房间里，并不打扰大家。

我一直等着——我是说，被叫去校长室之类的。整个上午，大家都在说“你要倒霉了”或者“我可不想像你这样”之类的话。朱诺想拿这事开开玩笑，但大本横了一眼，他赶忙闭上了嘴。

爸爸在校长室外的走廊里等着我。他看上去好像自己才是那个紧张的学生，即将进去挨板子——类似他们以前上学时那样。走廊里还有一男一女。男的穿着一身西装，看起来很不情愿来这里。女的则一脸愤怒。

我能猜出他们——那一男一女——是谁，斯坦诺的父母，也是萨拉的父母。

“尼基，”爸爸问，“到底是怎么回事？”

“是他吗？是不是他？”女人质问道，声调因为愤怒而抬得老高。

男人伸手搭在她的胳膊上。如果他没有那么做，我猜那女人大概会扑上来打我。

这时肯普女士的门开了，她示意我们进去坐下。

“好吧，”她开了口，“感谢你们来学校一趟。”她和每个人都握了握手，唯独没跟我握。“我们今天来这里，是因为发生了一件非常严重的事。在我做决定之前，我想先弄清楚。”

“够清楚了，”那个女人说，“这个小流氓无缘无故地把我们家皮特打倒在地，殴打他。后面的事，我们都知道。”

我想说点儿什么，声音却卡在了喉咙里。

“我听说，皮特有癫痫病？”肯普女士问。

“是的，他的档案里有记录。”斯坦诺的爸爸说。

肯普女士看了看桌子上的一叠文件。

“不过，这是他第一次在学校里发作？”

“他通常是晚上发作。”斯坦诺的妈妈说，“说明这次发作是受了刺激，他是让这个坏蛋给刺激的。”

“我们还不能肯定——”斯坦诺的爸爸开了口。

“看看他呀！”斯坦诺的妈妈打断了他，“他比我们家皮特块头大那么多。我们家皮特还只是个小孩子，他连只苍蝇都不会伤害。这个畜生……”

爸爸之前一直有点儿恍惚，听到这里，他忽然清醒了过来。

“尼基不是畜生，”他说，“他是个好孩子，他从来没有惹过麻烦。”

“是你。”斯坦诺的妈妈双眼通红，“是你，全都怪你，这都是当爹妈的错。都怪你，还有这孩子的妈！”

“闭嘴，”我叫道，“闭上你的臭嘴。”

房间里沉默了片刻。接着肯普女士坚定地说：“坐下，尼古拉斯，你……”

但已经太迟了。我的脑子里突然冒出了一堆话。

“你们都是蠢货。我他 X 的什么都没有做！”

“尼基！”爸爸叫道。

“滚开！”我吼道，与其说是对他，不如说是对屋子里的所有人。

接着，我冲了出去，重重地关上了门。

我沿着走廊一直跑，冲下楼梯，冲出了学校。

第十五章　在雨中，在傍晚

外面下着细雨。雨像雾一样弥漫在空气中，不见雨滴。我步行往家走，不一会儿浑身就湿透了。我开始发抖。要是你从没有真正湿透过，就不会明白真正的冷。

我不想在回家的路上碰到爸爸，于是走了后面的那条街。我觉得他会对我大为光火。他并不知道我几乎没碰到斯坦诺。他可能认为我的确欺负了他。大人永远都不知道学校里到底发生了什么。

后来我又改变了主意：走这么远，回家挨一顿骂，真是毫无意义。我能想到的或许只有一个地方能让我避避雨。

我花了半个小时走到图书馆。刚一看到它，我的心就沉了下去。那里本应该亮着灯，本应该能从外面看到里面一排排的书，还有看书的人——光是看着就会开心。然而，图书馆黑洞洞的，我知道是关门了，但我还是走了过去。

门上挂了一个牌子，上面说“开放时间调整”。要我说，应该改成“关闭时间调整”，因为它几乎一直关门。只有星期二和星期四上午才开，还有周六下午两点之前。真是疯了。那么一幢漂亮的房子，摆满了书，却关着门。这就好像，你明明有一辆车，却不被准许开出车库。

门廊可以挡住大部分雨水。反正没地方可去，我索性一屁股坐在台阶上，就那么呆坐了大概一个小时。越来越冷，终于，我再也受不了了，站起身来，翻了翻口袋，还剩两英镑。我走进薯条店，买了点儿薯条和一杯可乐，带回台阶上吃了起来。这让我感觉好了一点儿。人吃东西的时候，思想似乎活在了嘴里，和食物搅拌在一起，而不会流到什么坏地方去。

可薯条很快就吃光了，美好的感觉也不见了。就好像你还是个小孩子的时候，怕黑，你妈妈过来亲吻你，这个吻的结界会维持一段时间，保护你安全，然后变小，变弱，最后像肥皂泡一样爆裂，它们——那些怪物，就又可以抓住你了。

于是，我又开始四处乱逛。雨停了，我朝教堂走去，走进墓地，朝我们发现鸦仔的那片田野望去，在那片田野后面，是我们救了幼獾的那片小树林。然而，雨又大了，天也快黑了。于是我只好往家的方向走去。

第十六章　我被开除了

我能看得出来，爸爸在等我，因为他就在那里待着，什么事都没做。通常，你看到别人时，他们多多少少都在做事——看电视，上网“灌水”，或者看报纸，聊天，总之会做点儿什么。而当你看到他们就那么待着、什么事都不做的时候，这说明他们在等你。我猜这是因为人们并不特别擅长同时处理多线任务，所以只能等待。

这通常也意味着：你有麻烦了。

爸爸坐在厨房的餐桌旁。我有一种感觉，他一直在考虑该说些什么，想了很久。没准儿他已经试过各种不同的版本——愤怒的、困惑的、厌恶的、恼火的、嘲笑的……结果剩下的只有悲伤的这一版。

“你不应该那么做，尼基。”

“做什么？”我问。

“所有的事。打那个孩子，说脏话，跑出去。”

“我没有打他。”我说。

“他们不是那么说的。”

“我只是推了他一下，根本没用力。”

“嗯，看上去够用力的。”

我想到斯坦诺躺在地上抽搐，急忙眨了眨眼睛，把那个画面从脑海中抹去。

“是他欺负人，”我说，“不是我。”

“他们都说他个头比你小。”

“是，但他有几个大块头哥们儿，他总是怂恿他们对付我。他……很狡猾。”

爸爸摇了摇头。

“唉，如果你留下来，把这些都告诉校长，她叫什么来着……”

“肯普女士。”

“对，都告诉她。那样的话，这事儿也许就不会发生了。”

我过了一秒钟，才听出了弦外之音。

“什么意思？发生了什么事？”

“你被开除了。”

“你是说停学？”我早就猜到会有这个下场，“停多久？”

“尼基，你还没明白。不是停课，不是停学，是开除。你被踢出学校了，彻底踢出。”

“不，可他们不能——”

“尼基，你伤害了那个孩子，还对校长骂脏话。如果你当时道个歉，他们可能也就让你停课一个星期。但你那么做，正好称了他们的意。”

我的感官发生了故障。耳朵里传来奇怪的声音，眼睛停止了工作，眼前的一切模糊起来。

“你知道这意味着什么吗，尼基？”爸爸继续问道。

我看着他，摇了摇头，与其说是回答他的问题，倒不如说是想否认每件事、每一件事……

“就是说，他们得给你另找个地方，”他说，“找另外一所学校。那只能是，弥尔顿公园。”

弥尔顿公园是这一带最差的学校。里面都是男生，但并不像伊顿公学之类的豪华男校。那是所有坏孩子去的地方——坏孩子、疯孩子、笨孩子。那地方没人考得上大学。从弥尔顿公园出来的人，要么领失业救济，要么进监狱。

这就是我的未来。我一直梦想着上大学，不管学什么，总之要学点儿什么——诗歌、科学、天文、历史……可现在，我失去了一切，失去了所有关于这个世界的知识，所有会出现在我脑海里的神奇事物。我会变成一个瘾君子、一个小偷、一个囚犯，最后了结生命。

“哦，该死！”

接着我看到珍妮出现在门口。

“我们可以给他们写一封信，尼基，”她说，“给学校写一封信。再给那个男孩的家人写一封。你可以去道歉。他们也许会放过你。”

“他们才不会放过你，”爸爸说，“他们巴不得把坏孩子踢走，好拉高学校的排名。”

“可尼基不是坏孩子，”珍妮说，“他只是犯了一个错……”

我看看爸爸，又看看珍妮。爸爸一脸沮丧。珍妮则像是努力让自己看起来不沮丧。但那只会更糟。假装有希望比毫无希望更糟。

“那又能怎样？”我径自上了楼。

直到走进房间，我才意识到，我没有看到那个纸箱。

这只说明一件事。

鸦仔死了。

第十七章　一个真故事

过了一会儿，肯尼走进了卧室。我一直躺在床上，直愣愣地看着天花板。我已经把天花板研究得非常透彻了。它由一种白色物质制成，质地像蛋糕顶上的奶油。我发现，如果我用力盯着天花板，盯着那上面细小的纹路、角落里的蜘蛛网，还有粘在电灯泡上的死苍蝇，就能不去想弥尔顿公园学校的事，不去想未来每天都要被揍得屁滚尿流。

我害怕和肯尼说话。我知道他会为鸦仔的事难过，可我也知道，等我结束了对自己的自怨自艾之后，恐怕也剩不下多少感情给他了。

“嗨，尼基老弟。”肯尼说。他听起来很开心，就像往常一样。除非有什么事让他伤心，否则他总是很开心。他的情绪没有中间地带——开心或伤心，开或关。

我没有回答，但他自顾自说了下去。我意识到，爸爸一定偷偷埋了鸦仔，没告诉他。或者干脆说鸦仔伤好了，自己飞走了。

“神秘博士要和我去冒险啦！”肯尼说，好像全世界其他事都不重要。

“不错啊，肯尼。”

“就是后天，也邀请你来。”

我不知道他在说些什么，也不在乎。

“就在我们学校。”他接着说道，“不是上学的时候，是晚上。”

“真棒。”

我想肯尼终于意识到有点儿不对劲儿了。

“你不开心吗？”他问。

“没有。”

“那就好。爸爸让你现在下去吃饭。珍妮做了特别惊喜馅饼。”

特别惊喜馅饼是珍妮专门为了肯尼打造的。里面并没有什么惊喜——要么是鸡肉，要么是鱼肉，要么是牛肉，但她不肯说是什么馅，所以只有切开才能知道。肯尼切的时候，总是一脸兴奋，等到弄清是什么馅，就会开心地大笑。要是我的话，里面得跳出一只活袋鼠才算是惊喜。

“我不饿。”我说。

我又接着说了些别的。我不知道为什么要这么说，也许我就是想把他从好心情世界里摇晃出来，让他看到真实的世界。

“他不是什么神秘博士，”我说，“他只是个傻孩子。”

“他是神秘博士！”肯尼说，“你当然不知道，因为你还没见过他。你不应该说你不知道的事，因为说你不知道的事情就等于撒谎。”

“神秘博士根本不是真人。”

“你这个大白痴，他当然是真人！”肯尼冲出了房间，砰的一声关上了门。

我躺在那里，仍然直愣愣地望着天花板。过了几分钟，门开了。还是肯尼。我还以为是爸爸让他回来再叫我去吃饭，但肯尼手里拿着一样东西，是他在学校的一个练习本。他把本子扔给我。

“我写了一个关于鸦仔的故事。这是一个真故事，不是你瞎编的那种。你全都弄错了！”

说完，他又出去了。

我拿起本子，翻看了一下。错别字很多，笔画更烂。然后我找到了他在本子里写下的最后一段话。

古（故）事里的鸦仔是一只白嘴鸦，我弟弟尼基说借（错）了，因为他南（难）过，亡（忘）了发生什么。真的事清（情）是这样的：我们把鸦仔从坏蛋老英（鹰）那里救下来，爸爸带它去了一个地方，那里专门照古（顾）受伤的小动物，会让它们好（起来）。爸爸说，我不能和鸦仔说再见，因为我要上学。旦（但）是，爸爸还说，等鸦仔好了，就代（带）我去看它。

好吧，这就是爸爸告诉他的。我想象得出，几个星期后，爸爸会带着肯尼到田野里，找到一大群白嘴鸦，然后指着其中一只说那是鸦仔。肯尼会以为那就是它，在几百只长得几乎一样的白嘴鸦中认出鸦仔。

谎言。

一切都是谎言。

然而，有时候你不得不说谎。即使你并不想说，也知道那并不是真的。

也有一些时候，你也不知道什么是真的，什么是假的。

不过，现在，我有事可做了。确切地说，是有话要说。

第十八章　对不起

没人注意到我溜出了房子。半个小时后，我来到了萨拉家门外。那是萨拉的家，当然，我要找的并不是萨拉。

我是来向斯坦诺道歉的，为推他的事道歉，为让他发病的事道歉。现在道歉已经太迟，并不能改变什么，但这不是重点。一个人做正确的事，并不是因为这么做能帮到你，而是因为这么做是正确的。不，这么说过于简单了。我这么做，也是要帮助自己，只不过是用一种特殊的方式。我这么做了，就不必为自己没这么做而内疚了。

不过，我这么做也是因为肯尼写的故事。它让我认识到，我们的生活就是我们讲出来的故事。事实上，人生就是一个故事，它取决于你如何去讲述。你可以悲伤地诉说，也可以快乐地讲。你可以是一个好人，也可以是一个坏人。

我按下了门铃。我一直想有个带门铃的房子。那一声叮咚总能让你开心起来，给你希望。

开门的是斯坦诺的妈妈。我一直祈祷开门的是斯坦诺本人。他爸爸也行，那个人看上去还不错。

她愣了几秒钟才认出我，接着回想起一切，差点吼了起来。

“是你！”听起来像要用湿毛巾抽打我的脸。

“我想……”

她根本不让我继续说下去。

“滚出去！”她说着，当着我的面猛地关上了门。

我站在那里，不知如何是好。过了一会儿，我又伸出手指去按铃。门立刻开了，斯坦诺的妈妈攥着一部手机。

“给你十秒钟，不然我就叫警察。”

“但我只是想……”

“八秒。”

我看向她身后。

“斯坦诺，”我喊道，“对不起我推了你，对不起我害你发病了，对不起我做了那些事。”

“我现在就给警察打电话。”斯坦诺的妈妈说着，按下了电话上的一个按钮。

我并不认为她真的会报警，但赖在这里不走也没必要。我看着她的脸，那张脸上写满了仇恨。

“我也向你道歉。”我说。

我承认，我说这话的时候，声音听上去不像“道歉”，更像是“道歉才怪”。但我毕竟说出了口，也挺认真的。

“七秒……”

我转身离开，比先前更沮丧了。我只希望，这就是整件事的谷底了。要是再有什么比这还糟糕，我真的受不了了。

第十九章　谷底的光

我开始往公交站的方向走去。的确感觉好了一些，正如每次为某件事道歉后会有的那种滋味。但是，这一切并不能改变那个事实：我的人生会变成一团垃圾。

当我沿着斯坦诺家的那条马路走到尽头时，身后传来了脚步声。那声音紧跟着我，听起来肯定不是什么好事：要么是抢劫犯；要么是斯坦诺的妈妈，正挥着擀面杖要敲开我的头骨；要么是斯坦诺自己跑来幸灾乐祸。当然也可能三样都有，正好凑到一起来个欢喜派对。但我不想逃跑。逃跑，只能让我更加羞耻。于是，我只是耸起肩膀，加快了脚步。

“停下，你这个笨蛋。”

我认得这声音。那不是斯坦诺，也不是斯坦诺的妈妈。

我转过身，看见了萨拉。她在睡衣外面裹了一件大外套，脚上甚至还穿着拖鞋。那是一双小兔子形状的拖鞋，鞋面上耷拉着一对兔子耳朵。她的发型也不完美了，看上去有点儿……毛茸茸的。我想，她是来告诉我，我有多混蛋，她有多恨我。

“不关你的事。”她说。

一开始，我没听懂。我的样子看上去一定傻乎乎的。她翻了个白眼，好像在跟傻瓜说话。也许她就是在跟傻瓜说话。

“啊？”

“不关你的事，是皮特自己。”

“我……我不明白你的意思。”

她不耐烦地哼了几声，又翻了个白眼。

“他不是因为你才犯病的。总而言之，他就是快要犯病了。癫痫病不是推一把就会犯病的，至少不是你这种弱弱的家伙推一把就会犯病的。”

终于，我渐渐醒悟过来了。那天早上斯坦诺看上

去的确怪怪的，而且真是一碰就倒。

“可你妈妈……”

“她心里难受，”萨拉说，“他是她的心肝宝贝。他得癫痫的事……唉，总之，她恨不得把他含在嘴里、捧在手里。”

我还是不知道该说点什么。一方面，我想大喊这不公平，这件事现在要把我的生活毁了；另一方面，我又想在她面前强作镇定。此外，内心深处还有一个地方，就好像开了一瓶摇晃过的芬达汽水，冒着泡泡嗞嗞作响，我在和萨拉说话，她竟然穿着兔兔拖鞋跑了整条街追上我。

“听着，”她的声音柔和了一些，不像先前那么尖刻了，“我现在没法和你谈。明天能和你见面吗？有些事我想告诉你。”

“学校让我走人了，”我说，“我被开除了。”

“哦。”她愣了一下，“我不知道。你是说，被停学了？”

“不，是被开除了。我得去弥尔顿公园上学了，和那帮疯子混在一起。”

她思考了几秒钟。我却一直在想，她穿着睡衣，裹着大衣，套着兔兔拖鞋，是那么美。

“好吧，我可以在吃午饭的时候出学校一趟。十二点半，星巴克见？”

“呃，好吧。反正我也没有别的事可做。”

然后，她转身走了，背影在一团团橙黄色的路灯下忽明忽暗。

我完全没意识到刚才发生了什么，也没意识到这意味着什么。那一刻，我只是觉得，事情似乎并没有那么无望。我想到了那句话——黎明前的黑暗是最黑暗的，但接着，我又想到了“假曙光”，你以为太阳就要升起来了，但并非如此，接下去的黑夜会更加黑暗。

我进屋的时候，家里没有人，肯尼也睡觉了。盘子里放着一块奶酪火腿三明治，上面盖了保鲜膜，以防它干得像蜥蜴的屁股。保鲜膜在我们家算是新鲜事物。这也是爸爸恢复理智的一种体现。此外，还有一张字条，上面是珍妮的笔迹——

把这个放进三明治机里面烤三分钟。

珍妮是爸爸恢复理智的主要原因。在她来之前，我们家的日子过得一团糟，但现在一切都好起来了。或者说，要不是我把一切都搞砸了，我们的日子本该好起来的。

我没有去烤三明治，我的喉咙哽住了，什么都咽不下去。

第二十章　接受失去

第二天早上我下楼时，爸爸、肯尼、珍妮三个都坐在餐桌边。看得出来，他们正在谈论我，因为我一进来，他们都闭上了嘴。

肯尼打破了沉默。

“爸爸和珍妮会给你另找一所学校，不像弥尔顿公园那么垃圾。那样的话，你就不会被别人打、被别人骂、被别人偷走吃午饭的钱了。”

“太好啦，肯尼。”话说出口，我才想起来，他听不出反话。

“你昨晚去哪儿了，尼基？”爸爸问道。

“出去了。”

“一会儿我们得好好谈一谈，”他说，“你懂的，要做些决定。”

“关于你的中考……”珍妮说。

我点了点头，但满脑子想的却是——谁在乎呢？

爸爸说：“珍妮打算今天去其他学校看看。我们也许能把你送到一个不那么差的学校——”

“在那儿不会有人踢你的脑袋！”肯尼一如既往兴高采烈地补充道。

“在那儿，你仍然可以参加中考，”爸爸继续说，“谁知道呢，也许还有这样的学校。”

“谢谢，”我说，我看着他们，他们也看着我，“对不起，我把事情搞砸了。”

珍妮把手放在我的手上，轻轻捏了捏。

这种感觉就好像，你养了一只猫，它病了，你带它去看兽医，医生打了一针让它睡觉，你就那么抱着小猫，直到它死去。

他们几个穿上了外套准备出门。这时，珍妮说：“我差点儿忘了，我们有样东西要给你。”

我完全不知道那会是什么。

“别太激动。”爸爸说。

“是一部手机！”肯尼叫道，“他们说我不能提前告诉你，但我现在可以说啦，因为是时候把它给你啦。”

珍妮把盒子递给我。“二手的预付费手机。我姐姐换了新的，这个不用了。我们为你预付了十英镑。小心用流量，别把它用光了。”

我一时不知道该说什么才好。

“这是一部 iPhone 5，”肯尼说，“不过你可以告诉别人这是 iPhone 5S，因为它们看上去一个样儿！”

“太棒了。”我嗫嚅道。我拥抱了珍妮，又拥抱了爸爸。

然后我拥抱了肯尼，说：“鸦仔的事我很抱歉。我知道你很喜欢那个小家伙。它现在可能更快乐了。”

“是的，我知道！”肯尼说，“它待在那儿会更好的！”

肯尼能渐渐接受失去，是件好事。

很快，他们都走了，只剩下我一个人在家。当然，还有蒂娜。它一直爱肯尼胜过爱我，但现在家里没有其他人，于是它决定把我当作它最好的朋友，凑过来坐在我的膝头。我忙着摆弄那部新手机，这实在令人兴奋。可接着我意识到，我并没有人可以打电话或发消息。于是我看了些无聊的日间电视节目。有一个聊天节目，几个女人在里面互相大吼谁是孩子的父亲。有一个兜售自家垃圾旧货的节目。还有一个四处搜罗购买垃圾旧货的节目。这让我很好奇：这两种人为什么从没见过面呢？也许他们一相遇就会发生什么大爆炸，就像物质和反物质碰撞一样。

我陷入了一种恍惚：电视机开着，蒂娜那团小而温暖的身体坐在我的腿上，一切似乎都很好，舒适，轻松。

接着，我想到自己的余生都会是这样——白天看电视，等着有什么事发生，签字领福利保障，最后签字领养老金。

要不是蒂娜站起来挠门要我带它出去尿尿，我大概会一整天呆坐在沙发上。我看了看厨房里的钟。快十一点半了。

糟糕！

萨拉。

我居然还穿着睡觉的内衣和T恤。

我跑上楼。我希望自己看起来漂亮些。要是在几年前，这简直不可能。那时我的衣服一半是破布，几乎没有干净的，因为爸爸的那一堆麻烦，我们过得很糟糕。现在我的衣服也不多，但至少不是臭烘烘的，上面也没有破洞了。

我翻出一件“还不错衬衫”和一条“还不错牛仔裤”。牛仔裤其实是肯尼的。他个子比我高，但瘦一些，所以裤腰很合适，只不过裤脚得卷起来。我只有上学时穿的外套，但我不想穿它。所以虽然外面很冷，我还是只穿着衬衫和牛仔裤就出了门。

对了，还有一样东西。我把它和其他几样特别的东西一起放在了床底下的鞋盒里。盒子里有一把坏了的小折刀，我小时候很喜欢它，爱拿着它跑来跑去，假装我是人猿泰山。有一张我妈妈抱着我的合影，我还是个婴儿，肯尼正对着镜头咧嘴笑。他笑的样子好像不仅是嘴巴咧着，甚至整张脸、整个身体都在咧着。然后是一些其他类似的小玩意儿。最后是一块手表，一块金色的劳力士手表。假的，也可能是真的。是我和肯尼在贝肯湖找到的——那是一个能钓鱼的湖，就在镇子边上。手表重得就像个汤罐头，表面的金属摸起来暖融融的，好像有生命似的。这块表本来属于一个死人，但现在是我的了。我把它戴在了手腕上。

第二十一章　渴望

我十二点二十五分赶到咖啡店。还有五分钟。我不知道该怎么办。是不是该在柜台边等萨拉来呢，这样我可以给我们俩一起点些东西？还是说，我先给自己点一杯咖啡，然后找一张桌子坐下等她？我该点什么呢？我不怎么喜欢咖啡，也没那么多钱浪费在这种事上。我从存钱罐里拿了十英镑。我想可能得给萨拉买个三明治之类的，再来点儿饮料。十英镑够吗？我看了看柜台后布告牌上的价格。但眼前的一切却因为恐慌而变得模模糊糊。布告牌上大约有二十种咖啡。

“有什么需要吗？”一个女孩问。那女孩带有外国口音，但我听不出她是哪里人。不是法国人，也不是德国人，但肯定是外国人。她挺可爱的，还朝我笑了笑，加剧了我的恐慌。

“我只是在，呃，我要见一个朋友。我是说，要等她，等她来。”

“她来了。”

我惊惶四顾，尽管知道她要来，可还是浑身一震。她站得比我想象的还要近。我要是低下头，几乎能碰到她。等等，这听起来就好像我想用脑袋撞她似的，我可一点儿都不想这样。她不像前一晚那样，一身儿打扮毛茸茸的，而是穿着校服，看上去十分干练，就好像披了盔甲。

“嘿呀！”我叫了一声，这个词听起来真傻。我甚至怀疑那都不是一个词，而是我自己编造出来的叫法，或者是劈空手道时发出的吆喝。于是我赶忙补充：“呃，我是说——你好。”

萨拉看着我，好像以为我失了智似的。过了一会儿，她耸了耸肩，似乎决定接受我是个白痴的事实。

“想要点什么吗？”我问她。至少这句话说得很完整。

“嗯……热巧克力。”

我完全没想到她会点这个。我还以为她会说白咖啡、意式浓缩，或者其他什么我从未听说过的炫酷咖啡呢。

“那你先去找位子怎么样？”我说，“我去把饮料端过来。”其实我是想花几秒钟让自己的头脑清醒一下。

她点了点头，在角落里找了一个空座位。

我一直在拖延，不想去思考这是怎么回事。可现在，我的大脑进入到了超光速运转状态。一部分的我希望她约我出来是因为，呃，因为有点儿喜欢我。就是说——你懂的啦，对我有点儿意思。但理智的那部分我知道这才不可能。我脑子里唯一一个不那么疯狂的想法是，她认为学校把我开除这件事有点儿太过分。是的，她有些同情我。对于这一点，我也说不好是什么感觉，但我想，总比什么感觉都没有好。至少，这意味着我有机会对她施展魔法——如果我有什么魔法。

突然，我想到了肯尼和他的朋友“神秘博士”，还有他那些魔术把戏。一股对哥哥的爱意在我胸中涌起，随之而来的是交织在一起的渴望，想笑、想哭、想跳舞、想同时做这一切。

“你咧着嘴笑什么？”当我把热巧克力放在萨拉面前时，她问道。

然后我开始说话。滔滔不绝，好像我这辈子没和人说过话似的。我谈到了肯尼，谈到了我爸爸，谈到了我妈妈。然后我又做了一件更离奇的事：我谈到了自己。

第二十二章　真实的我们

我简直是花了一辈子的时间拒绝谈自己，谈那些内心的东西。现在我却把它们倒豆子似的撒得满桌都是，尽数说给这个我根本不了解的女孩。

如果不是一直看着萨拉的脸，我恐怕早就闭嘴了。我是说，如果她看起来是无聊、恼怒或者其他什么情绪的话，我就会停止。但她只是专心听着，偶尔点头，有几次看起来似乎要问问题，但还是继续听了下去。

现在，我真的很尴尬。

“对不起，”我说，“我也不知道这些话都是从哪儿冒出来的……”

“没关系。”她说着终于端起热巧克力啜了第一口。巧克力这会儿肯定已经凉了。饮料在她的上唇留下了一道奶油小胡子。她一定发现我正盯着那里，笑着拿起餐巾纸擦了擦。这改变了气氛，我们又聊了一会儿学校的事。

然后，几乎在同时，我们俩都想起我已经被开除了。但这个念头似乎对我们产生了相反的影响。我努力表现出不怎么伤心的样子，可觉得自己的脸还在不受控地融化，就像大热天里的冰激凌。萨拉却似乎高兴起来，好像这件事挺让人开心似的。也许本来就挺让人开心的。整件事都是设计好的，她会当面嘲笑我，之后还会在背后和她的伙伴们一起嘲笑我。“是呀，我当时真是把他迷住了，”她会说，“他还以为我真的喜欢上他了呢。笨蛋。”

“你不用担心。”她对我说。这会儿嘴上是这么说，一会儿对她的朋友可就不是这样了。

“说得轻巧。毕竟不是你去弥尔顿公园上学。”

“你也不会去。”

“你说什么？”

“我和皮特长谈了一次。”

一听到皮特的名字，我就难受。

“他并没有你想的那么坏。”萨拉说。

“我想，你大概不了解他的为人。”

“我想我比你更了解我哥哥。”她说。

“你只看到了他的一方面……”

“说的也是。这样吧，”她说，“我告诉你一些关于皮特的事，这是个大秘密，你千万不能告诉任何人。明白了吗？”

“当然。”

“皮特从小就有癫痫病。他在各种场合都会发作。有时候他盯着什么东西，看着看着就会犯病，就好像他已经不在那里了。有时候他发作得很厉害，就像这次。他一直在服用强力药物来控制病情。他挺走运，一直没有在学校发作过。嗯，直到这回。”

“哦，”我嗫嚅道，“我……我都不知道。”

她摇了摇头。“问题的关键……关键是，这个病影响了他的行为，因为他要一直掩饰。他觉得要是在学校里犯了病，大家就会欺负他。所以，他总是表现出很强硬的样子。他不得不去讨好那些和他混在一起的白痴。他只是……只是很害怕，所以才会掩饰。”

我想到了斯坦诺和他那些行为。是的，这就说得通了，我能理解这一切是怎么发生的。然而，这并不能为一切开脱。

“他给我哥哥起外号，”我说，“我是指肯尼，我刚才向你说过他。他出生时脐带绕颈，留下了后遗症，需要特殊照顾。”

萨拉点点头。“我并不想说我哥哥这人就不是混蛋。我想说的是，他之所以这样，是因为害怕。他害怕自己会得到肯尼那样的待遇。不过，他心里是分得清好坏的。现在，他心里好的那一面占了上风。”

“是你自己那么想吧。”我说。

“是啊，是我自己那么想。不过，他确实正在做一些好事。”

“比如说？”

“他告诉我爸爸妈妈，说这并不是你的错，”她说，“他说是他自己犯病了。”

“什么？”

“我爸爸今天早上给学校打了电话。他发短信告诉我了。他告诉学校说，他们必须让你回去。他告诉他们，皮特和你都有错。你并不是什么恶霸。你根本不可能知道他要犯病了。我爸爸说，校长告诉他，因为你打架还骂人，所以还是要停课三天，不过星期一就可以回学校了。”

我简直不敢相信我听到的话。

“你是在讲什么……笑话吗？”我问。

萨拉假装很生气的样子。“如果我在讲笑话，那你会知道的，因为你会笑！”她说。

“这么说，这是真的？”

“这里唯一不真实的东西，就是你在 eBay 买的这块假劳力士，”她说，“你应该再搭配上奥斯马尼先生的假发，还有肯普女士的假牙。这样就成了名副其实的弗兰肯斯坦怪物①了。”说完，她朝我模仿了一个蹩脚的弗兰肯斯坦怪物的表情，那样子更像是普通的僵尸。

那一刻，我知道，她喜欢我。

你可能会觉得，我的想法实在跳脱得离谱。当然了，那些给你约会建议的网站和杂志才不会告诉你，某人做了一个僵尸表情，就证明那人喜欢你。但我就

---

① 出自英国作家玛丽·雪莱的长篇小说《弗兰肯斯坦》。弗兰肯斯坦是一位生物学家，他用各种肢体材料组成了一具新的人体，并赋予了他生命。这个创造物面目丑陋，被称为怪物。

是知道。

然后，我笑了。一部分是因为这愚蠢的僵尸表情；一部分是因为我的人生也许不会是垃圾一团了；此外，还因为那笑意其实一直在那里，在我的心底，现在它非要冒出来不可了。这还是自从臭屁事件之后，我第一次真正大笑。笑到最后，我的眼泪滚了下来。

“没这么好笑吧。”萨拉说。

但她也咯咯笑了起来。像这样两个人一起笑，似乎让两个人更……亲密了。它消除了两人之间的隔膜。笑声中，真实的你和真实的对方触碰到一起，虽然还隔着一整张桌子。

第二十三章　肯尼的拥抱

时光飞逝——简直是转瞬即逝。萨拉必须走了。“没必要让我们俩都被停课。”她说。

“能把你的手机号码告诉我吗？”我问。我试图让自己听起来很自信，就好像我一直这么做似的。

“当然可以。”她说出了号码，我把它存进了手机通讯录。我看上去一定就像是全世界唯一一个低于六十岁却从没用过手机的人。事实上，我确实是。

见面结束，她离开了。我看着她走远，长出了一口气，暗暗赞美她的可爱，也暗暗宽慰自己没有完全搞砸。

但我还有大把的时间要消磨。我正想乘公交车进城，突然听到树上传来呱呱的叫声。我抬起头，看到一只喜鹊。我知道喜鹊和白嘴鸦一样，都是鸦科家族的成员。这让我想起了肯尼和鸦仔，于是我决定去他的学校接他。

肯尼最初上他那所学校时，我或爸爸不得不每天接送他上下学，他很讨厌这样。所以后来，他终于获准独立上下学时，就感到特别自豪。那是一所专为有学习障碍的孩子开设的特殊教育学校，有的孩子问题很严重，有的没有那么严重，肯尼就属于后者。肯尼很喜欢那里，因为在那儿他能做一些其他孩子做不到的事，他很享受能帮助他人。也是因为这个，我们去学校接他就会使他尴尬又恼怒——让他感到自己没有自理能力，好像做不了自己的主似的。

他那所学校三点钟就放学了，下课铃响的时候我刚好赶到校门口。又过了好一阵儿，孩子们才蜂拥而出。校门口聚集着很多家长，还有几辆校车。肯尼本来可以搭校车，校车可以直接把他送到家门口，但他更喜欢搭乘普通公交车，而不是特殊的校车。

这些孩子都是普通的身高、普通的模样，但其中有相当一部分走路不太正常。有些人看起来就像顶着强风勉力行走，有些人看起来则像之前跑得太快，现在正非常努力地减速，还有一些学生坐在电动轮椅上。但这丝毫没有阻止他们彼此打闹，他们看上去就和自宇宙诞生以来的所有孩子一样因为放学而兴高采烈。

然后，我看到了肯尼。他和一个只到他肩膀的孩子在一起。那孩子穿着一件巨大的外套，衣摆垂到了膝盖以下。他走路时眼睛盯着地面，好像把所有的钱都掉在了地上似的。那只可能是一个人："神秘博士"。肯尼谈笑风生，用他的那种方式兴奋地挥舞着手臂，像是在被什么蝴蝶杀手袭击似的。

突然，他看见了我，脸色变了。他环顾四周，显然担心有人注意到我。然后他朝我挥挥手，示意我走开。我不动，他就瞪着我，龇牙咧嘴，如同蒂娜被别人抢走了骨头。

但我就是哪儿都不去，偏要站在校门口等着肯尼和那位"博士"出来。肯尼走到我面前，气呼呼地说："你又跑来让我丢脸。我要自己坐公交车回家。"

瞧，就是这样。我跑来倒让肯尼丢脸了。有点儿好笑。

“我知道，肯尼老哥，”我说，“不过，我只是想找你一起出去玩。我想，你不会介意陪我一起回家吧。”

激发出肯尼乐于助人的一面，总不会有错。

“哦，对了，”他说，“我都忘了，你被学校开除了。你要是心里还难受的话，就和我一起走吧。我不介意。”

整个过程中，“博士”一直站在旁边，两只手插在口袋里，盯着地面寻找“丢失的钱”。

“愿不愿意把我介绍给你的朋友？”我问肯尼。

“不，”肯尼说，“他不喜欢和别人说话。他脑子里装了好多好多的想法。他正在计划下一步该怎么走。”

“好吧。”我说。

“我们有一个任务，”肯尼继续说，“他得把一切都想清楚。”

“真不错。”

“就是明天晚上，在所有人面前。我告诉过你的。”

“好极了。”我完全不明白肯尼在说什么，但随即我想起来，他提到过放学后的冒险。

“哦，是一场表演还是什么？”我问。

“博士”在他的一个大口袋里掏了一阵儿，掏出一张皱巴巴的纸，一句话不说，塞到我手里。那是一张宣传单。没错，的确是学校演出。上面列出了各种各样的活动，有人唱歌，有人拉小提琴。节目清单的最后一项写着“神秘博士魔法大冒险”。

“爸爸和珍妮要来。”肯尼说。

“我也要来，”我说，“我能带朋友来吗？”

“如果还有多余的票就行。票价是两英镑。所有的钱都会捐给非洲的贫困儿童。”

“‘博士’要和你一起坐车吗？”我问。

肯尼摇了摇头：“不。”

“好吧。那我们可以走了吗？”

“你先站到那边去等着我。”肯尼朝着公交车站的方向挥手赶了我一下。我走到车站，回过头，看到肯尼正附在“博士”耳边低语。然后，令我惊讶的是，肯尼给了那孩子一个大大的拥抱。

这让我产生了一种奇怪的感觉。我猜是因为，我一直觉得，肯尼只有和我在一起时，才是真实存在的。这就像是人们常说的，沙漠里倒下一棵树，如果没有人听，那么树倒下时还会产生声音吗？这个比喻有点儿愚蠢，因为沙漠里压根儿没有树。但这多多少少就是我对肯尼的想法。似乎，如果我没看到他，他的生活就不存在。但现在我发现自己完全错了。肯尼是一个人，他从来都存在。他并不属于我。

公交车来了，我们坐在上层车厢的最前面。我们俩小的时候，肯尼经常假装开公交车，他会转动他那看不见的方向盘，模仿公交车发出的隆隆声。他已经很久没有这样做了，至少在有人看着的时候。但我看得出，一切还在他心里进行着。

“你还难过吗，尼基老弟？”公交车堵在了半路，他暂时没有任何驾驶的工作需要做了。“因为你看起来不难过，我还以为你会难过呢。是因为你在去那所新差学校上学前，会有个假期吗？”

“不是，肯尼，”我答，“我是说，你说得很对，我不再难过了。不过，并不是因为有假期。而是因为，他们不会把我从现在的学校开除了。”

“那真不错。”肯尼说。

然后，交通又恢复了畅通，他不得不把注意力重新集中在开车回家这件大事上。

第二十四章　“神秘博士”去未来

第二天晚上，我们都来了，坐在肯尼学校礼堂的硬塑料椅子上：我、爸爸、珍妮，还有萨拉·斯坦诺普。当我打电话邀请萨拉来的时候，她听上去有点儿犹豫，但不知是出于愧疚还是别的什么，她答应了。当然，我爸爸和珍妮在见到她之前就喜欢上她了，因为她把我从弥尔顿公园学校解救了出来。

有些表演相当糟糕，但有些还可以。当你环顾四周，会看到那些父母的眼中闪烁着自豪的光芒，这让人感觉很甜蜜。老师们把整个活动都交给了孩子们，所以有时会出现一些小乱子，比如有两组人同时认为该轮到他们了，所以一个男孩唱起一首歌，而一个女孩却拉着小提琴演奏了另一个曲子。

最后，终于轮到了肯尼。一个患有唐氏综合征的卷发男孩上了台，马戏团领班似的介绍道："现在，请欣赏我们的'神秘博士魔法大冒险'。"

肯尼和"神秘博士"走上了舞台。"神秘博士"在台上的时候并不那么害羞，不过负责说话的还是肯尼。

他介绍说："现在，神秘博士要为大家展示纸牌魔法。"这时，"神秘博士"打开一包扑克牌，用他那把"音速螺丝刀[①]"敲击纸牌，表演了各种各样的小把戏。

接着，肯尼邀请一位志愿者上场，一位妈妈站起来，挑了一张纸牌。"神秘博士"把那张纸牌撕成碎片，肯尼又把碎片"吞"了下去，接着，"神秘博士"又从这位妈妈的耳朵后面拿出了同样的纸牌，大家都吃惊地倒吸了一口凉气，鼓起掌来。

然后肯尼宣布："最后一个伟大节目，神秘博士准备穿越到未来，因为他有这个能力。"

---

① 神秘博士的多功能装备，拥有解锁、切割、远程引爆、医学扫描、追踪外星生命、意识下载与上传等功能。

几个孩子把一个塔迪斯——神秘博士的时间机器——纸板模型推到了舞台上，“神秘博士”走了进去，肯尼关上了门。

“你穿越了吗？”他对塔迪斯喊道。没人回答，他打开了门，塔迪斯里面是空的。

观众们再次倒吸一口凉气，肯尼笑了，嘴咧得就像大峡谷。事实上，他的整个身体都在笑。

他关上门，说：“神秘博士去未来旅行了。他十秒钟后就会回来。”

他让观众和他一起从十倒数，然后打开门，“神秘博士”又出现了。他从塔迪斯里跳了出来，长外套在身后飞舞。两个人在舞台上鞠躬，台下每个人都欢呼鼓掌。

我看了看萨拉，她也在笑着鼓掌。然后，她又看向我，露出了不一样的笑容。

尾声　你好，鸦仔！

星期六一大早，爸爸就把我们叫醒了。

“穿舒服点儿，”他说，“我们今天要开很长时间的车。”

珍妮给我们做了早餐，是燕麦粥。我讨厌燕麦粥，即便她加了葡萄干和红糖，试图让粥好吃一些，对我来说，那味道还是很恶心。

“我们要去哪儿，爸爸？”我揉了揉睡眼问道。

“韦克菲尔德郊外。它就在那儿。珍妮开车。路上大概需要四十五分钟。”

那是一处野生鸟类避难所。有一个游客中心，有很多大笼子，里面有猫头鹰、猎鹰、老鹰等等。

“居然有一只该死的雀鹰。”当我们走到一个笼子前时，肯尼说。笼子里的确是一只雀鹰，深灰色的后背，红棕色的胸部，胸前还有一道道深色条纹。

“真漂亮。”珍妮夸道——的确很漂亮，“别说脏话，年轻人。”

我们又回到游客中心，爸爸和前台的女士说了几句话，我们被人带去了另一个地方。

一位谢顶的男士站在那里，和爸爸握了手。

“你好啊，”他说，“又来看那只白嘴鸦，对不对？”

那是另一个房间，里面闻起来有点儿像医生做手术的地方。房间里放着一些小笼子，有些是空的，有些笼子里有受伤的鸟。

我们看到了鸦仔。它跳到笼子前面，侧过头，盯着我们看。

“它认识你，肯尼。”我说。

“你好啊，鸦仔，”肯尼问候道，“知道吗？我们能教白嘴鸦说话呢。我是从网上看到的。它们超级聪明，像猴子一样聪明。”

“呱！”鸦仔叫了一声。

它的羽毛仍然有些凌乱，几处没有羽毛的地方露出了灰色的皮肤，好像一块块补丁。不过我知道，和其他乌鸦相比，白嘴鸦的样子看上去总会有点儿邋遢，像是需要好好梳洗一下似的。

“它是不是差不多好啦？”肯尼问那位男士。

“兽医说它还需要在这里待几天，确认感染已经清除。然后再在户外有新鲜空气的笼子里待上一个星期，就可以放它走了。到时候你们再过来，可以亲眼看着它放飞。”

趁肯尼和鸦仔说话的时候，我对爸爸说：“我还以为它死了呢，以为你把它埋了。”

“是吗？”爸爸看着我，“那你应该多一点儿信心，孩子。不过我们确实是捐了一大笔钱，他们才接收了它呢。一开始，他们说白嘴鸦太普通，不值得费心治的。太普通，太邋遢，太爱惹麻烦。有点儿像我们这种人，对不对？”

我搂住了爸爸。珍妮张开胳膊搂住了我。然后，我走过去站在肯尼旁边，一起试着教鸦仔说一两句粗话。

致谢

我要感谢艾玛·哈格雷夫和迈里·基德，她们是那么耐心，带着编辑的优雅；还要感谢简·沃克所做的一切。同时，我要特别感谢卡洛琳·苏塔，感谢她热心馈赠的笔记本电脑，使我不必为了写这本书而不得不用凿子在石碑或树皮上刻字，或是用鹅毛笔蘸着墨汁把字写在胳膊上。